U0494857

曼殊斐尔小说集

徐志摩译

曼殊斐尔 著 徐志摩 译

当代世界出版社

图书在版编目（CIP）数据

徐志摩译曼殊斐尔小说集／（英）曼殊斐尔著；徐志摩译．—北京：当代世界出版社，2015.1
ISBN 978-7-5090-1015-0

Ⅰ.①徐… Ⅱ.①曼…②徐… Ⅲ.①短篇小说－小说集－英国－现代 Ⅳ.①I561.45

中国版本图书馆CIP数据核字（2014）第288536号

书　　名：	徐志摩译曼殊斐尔小说集
出版发行：	当代世界出版社
地　　址：	北京市复兴路4号（100860）
网　　址：	http：//www.worldpress.com.cn
编务电话：	（010）83908456
发行电话：	（010）83908409
	（010）83908377
	（010）83908455
	（010）83908423（邮购）
	（010）83908410（传真）
经　　销：	全国新华书店
印　　刷：	北京市玖仁伟业印刷有限公司
开　　本：	880毫米×1230毫米　1/32
印　　张：	10
字　　数：	190千字
版　　次：	2015年1月第1版
印　　次：	2015年1月第1次
书　　号：	978-7-5090-1015-0
定　　价：	39.00元

如发现印装质量问题，请与承印厂联系调换。
版权所有，翻印必究；未经许可，不得转载！

出版总序

民国时期是中国从近代社会向现代社会转型蜕变的一个重要历史阶段。这个时期，政治风云变幻，思想文化激荡，内忧外患迭起。国家政治、经济、文化等均发生了翻天覆地的变化。新与旧、中与西、自由与专制、激进与保守、发展与停滞、侵略与反侵略，各种社会潮流在此期间汇聚碰撞，形成了变化万千的特殊历史景观。民国时期所出版的文献则是这一历史时期的全景式纪录，全面展现了民国时期波澜壮阔的历史画卷；精彩呈现了风云变幻的历史格局；生动描绘了西学东渐，学术思想百家争鸣的繁荣局面；真实叙述了中华民族抵御外族入侵，走向民族独立的斗争历程。因此，民国文献具有极其珍贵的历史文物性、学术资料性及艺术代表性。

民国时期是我国近代出版业萌芽和飞速发展的一个时期，规模层次各不相同的出版机构鳞次栉比，难以胜数。既有商务印书馆、中华书局、开明书店、世界书局、大东书局等这样著名的出版机构，亦有在出版史上昙花一现、出版物硕果仅存的小书局。对于民国时期出版物的总量，目前还没有非常精确的统计。国家图书馆在20世纪90年代，联合上海图书馆、重庆图书馆，以三馆馆藏为基础整理出版了《民国时期总书目》，收录中文图书124040种。据有关学者调查统计，这一数量大约为民国时期图书总出版量的九成。如果从学科内容区分，人文社会科学方面的出版物在数量上占绝对优势。

国家图书馆是国内外重要的民国文献收藏机构，馆藏宏富，并且作为国内图书馆界的领头羊，一向重视民国文献的保存保护。由于民国文献所用纸张极易酸化、老化，绝大多数已存在不同程度的损毁，难堪翻阅。为保存保护民国文献，不使我们传承出现文献上的断层，也为更多读者能够从不同角度阅读利用到民国文献，2011年，国家图书馆联合国内文献收藏单位，策划了"民国时期文献保护计划"项目。随着项目的展开，国家图书馆在文献普查、海外文献征集、整理出版等各方面工作逐步取得了重要成果。

典藏阅览部作为国家图书馆内肩负民国文献典藏管理职责的部门，近年来在多个层面加大了对于民国文献的保存保护力度，组建了专门的团队，对民国文献进行保护性的整理开发，先后出版了《民国时期连环图画总目》《国家图书馆藏民国时期毛边书举要》《民国时期著名图书馆馆刊荟萃》等。

然而，民国时期出版物种类繁多，内容丰富。就国家图书

出版总序

馆馆藏而言，从早期的中译本《共产党宣言》到我国的第一本毛边本《域外小说集》，从大批的政府公报到名家译作，涵盖之广，其所具备的艺术价值、史料价值，亦足令人惊叹。相较之下，我们的整理工作方才起步。为不使这些闪烁着大家智识之光的思想结晶空自蒙尘，为使更广大的读者能够从中汲取养料，我们会陆续择其精者，将其重新排印出版，希望读者能够喜欢。

国家图书馆

2014年9月

目 录

曼殊斐尔小说集 ……………………………… 001
  园　会 ………………………………………… 003
  毒　药 ………………………………………… 027
  巴克妈妈的行状 ……………………………… 037
  一杯茶 ………………………………………… 047
  夜深时 ………………………………………… 059
  幸　福 ………………………………………… 071
  一个理想的家庭 ……………………………… 089
  刮　风 ………………………………………… 099
  曼殊斐尔 ……………………………………… 107

赣第德 ………………………………………… 125
  译者序 ………………………………………… 127

I

第一回 …………………………………………………… 129

第二回 …………………………………………………… 133

第三回 …………………………………………………… 137

第四回 …………………………………………………… 141

第五回 …………………………………………………… 147

第六回 …………………………………………………… 151

第七回 …………………………………………………… 153

第八回 …………………………………………………… 157

第九回 …………………………………………………… 161

第十回 …………………………………………………… 165

第十一回 ………………………………………………… 169

第十二回 ………………………………………………… 173

第十三回 ………………………………………………… 179

第十四回 ………………………………………………… 183

第十五回 ………………………………………………… 189

第十六回 ………………………………………………… 193

第十七回 ………………………………………………… 199

第十八回 ………………………………………………… 205

第十九回	213
第二十回	221
第二十一回	225
第二十二回	229
第二十三回	243
第二十四回	245
第二十五回	251
第二十六回	259
第二十七回	265
第二十八回	271
第二十九回	275
第三十回　结局	277

国图典藏版本展示 ……………………………… 283

曼殊斐尔小说集

园　会

那天的天气果然是理想的。园会的天气，就是他们预定的，也没有再好的了。没有风，暖和，天上没有云点子。就是蓝天里盖着一层淡金色的雾纱，像是初夏有时的天气。那园丁天亮就起来，剪草，扫地，收拾个干净；草地和那种着小菊花的暗暗的平顶的小花房儿，都闪闪地发亮着。还有那些玫瑰花，她们自个儿真像是懂得，到园会的人们也就只会得赏识玫瑰花儿；这是谁都认得的花儿。好几百，真是好几百，全在一夜里开了出来；那一丛绿绿的全低着头儿，像是天仙来拜会过她们似的。

他们早餐还没有吃完，工人们就来安那布篷子。

"娘，你看这篷子安在那儿好？"

"我的好孩子，用不着问我。今年我是打定主意什么事都交给你们孩子们的了。忘了我是你们的娘。只当我是个请来的贵客就得。"

但是梅格总还不能去监督那些工人们。她没有吃早饭就洗了头发,她带着一块青的头巾坐在那里喝咖啡,潮的黑的发卷儿贴在她两边的脸上。玖思,那蝴蝶儿,每天下来总是穿着绸的里裙,披着日本的花衫子。

"还是你去吧,老腊;你是讲究美术的。"

老腊就飞了出去,手里还拿着她的一块牛油面包。

她就爱有了推头到屋子外面吃东西;她又是最爱安排事情的;她总以为她可以比谁都办得稳当些。

四个工人,脱了外褂子的,一块儿站在园里的道儿上。他们手里拿着支篷帐的杆子,一卷卷的帆布,背上挂着装工具的大口袋儿。他们的神气很叫人注意的。老腊现在倒怪怨她自己还拿着那片牛油面包,可是又没有地方放,她又不能把它掷了。她脸上有点儿红,她走近他们的时候;可是她装出严厉的,甚至有点儿近视的样子。

"早安,"她说,学她娘的口气。但是这一声装得太可怕了,她自己都有点儿难为情,接着她就像个小女孩子口吃着说,"嗄——欧——你们来——是不是为那篷帐?"

"就是您哪,小姐,"身子最高的那个说,一个瘦瘦的,满脸斑点的高个儿,他掀动着他背上的大口袋,把他的草帽望后脑一推,望下来对着她笑。"就是为那个。"

他的笑那样的随便,那样的和气,老腊也就不觉得难为情了。多么好的眼他有的,小小的,可是那样的深蓝!她现在望着他的同伴,他们也在笑吟吟的。"放心,我们不咬人的。"

他们的笑像在那儿说。工人们多么好呀！这早上又是多美呀！可是她不该提起早上，她得办她的公事，那篷帐。

"我说，把它放在那边百合花的草地上，怎么样呢？那边成不成？"

她伸着不拿牛油面包的那只手，点着那百合花的草地。他们转过身去，望着她点的方面。那小胖子扁着他那下嘴唇皮儿，那高个子皱着眉头。

"我瞧不合适，"他说，"看得不够明亮。您瞧，要是一个漫天帐子，"他转身向着老腊，还是他那随便的样子，"您得放着一个地基儿，您一看就会'嘭'地一下打着你的眼，要是您懂我的话。"

这一下可是把老腊蒙住了一阵子，她想不清一个做工的该不该对她说那样的话，"嘭"地一下打着你的眼。她可是很懂得。

"那边网球场的一个基角儿上呢？"她又出主意，"可是音乐队也得占一个基角儿。"

"唔，还有音乐队不是？"又一个工人说。他的脸是青青的。他的眼睛瞄着那网球场，神气看得怪难看的，他在想什么呢？

"就是一个很小的音乐队。"老腊缓缓地说。也许他不会多么地介意，要是音乐队是个小的。但是那高个儿的又打岔了。

"我说，小姐，那个地基儿合适。背着前面那些大树，那边儿，准合适。"

背那些喀拉噶树。可是那些喀拉噶树得让遮住了。它们多么可爱，宽宽的，发亮的叶子，一球球的黄果子。它们像是你想象长在一个荒岛上的大树，高傲的，孤单的，对着太阳擎着它们的叶子，果子，冷静壮丽的神气。它们免不了让那篷帐遮住吗？

免不了。工人们已经扛起他们的杆子，向着那个地基去了。就是那高个儿的还没有走。他弯下身子去，捡着一小枝的拉芬特草，把他的大姆指与点人指放在鼻子边，嗅吸了沾着的香气。老腊看了他那手势，把什么喀拉噶树全忘了，她就不懂得一个做工人的会注意到那些个东西——爱拉芬特草的味儿。她认识的能有几个人会做这样的事。做工人多么异常地有意思呀，她心里想。为什么她就不能跟做工人的做朋友，强如那些粗蠢的男孩子们，伴她跳舞的，星期日晚上来吃夜饭？他们准是合适得多。

坏处就在，她心里打算，一面那高个的工人正在一个信封的后背画什么东西，错处就在那些个可笑的阶级区别，枪毙或是绞死了那一点子就没有事儿了。就她自个儿说呢，她简直想不着什么区别不区别。一点儿，一子儿都没有……现在木槌子打桩的声音已经来了。有人在那儿嘘口调子，有人唱了出来，"你那儿合适不合适，玛代？""玛代！"那要好的意思，那——那——她想表示她多么的快活，让那高个儿的明白她多么的随便,她多么的瞧不起蠢笨的习惯,老腊就拿起她手里的牛油面包来,很劲地啃了一大口,一面她瞪着眼看她的小画。她觉得她真是个做工的女孩子似的。

"老腊老腊,你在那儿?有电话,老腊!"一个声音从屋子里叫了出来。

"来——了!"她就燕子似的掠了去,穿草地,上道儿,上阶沿儿,穿走廊子,进门儿,在前厅里她的爹与老利正在刷他们的帽子,预备办事去。

"我说,老腊,"老利快快地说,"下半天以前你替我看看我的褂子,成不成?看看要收拾不要。""算数。"她说。忽然她自个儿忍不住了。她跑到老利身边。把他小小地,快快地挤了一下。"嘎,我真爱茶会呀,你爱不爱。"老腊喘着气说。

"可——不是。"老利亲密的,孩子的口音说,他也拿他的妹妹挤了一下,把她轻轻地一推。"忙你的电话去,小姐。"

那电话。"对的,对的;对呀。开弟?早安,我的乖。来吃中饭?一定来,我的乖。当然好极了。没有东西,就是顶随便的便饭——就是面包壳儿,碎 Meringne-Shells 还有昨天剩下来的什么。是,这早上天气真好不是?等一等——别挂。娘在叫哪。"老腊坐了下来。

"什么,娘?听不着。"

薛太太的声音从楼梯上飘了下来:"告诉她还是戴她上礼拜天戴的那顶漂亮帽子。"

"娘说你还是戴你上礼拜天戴的那顶漂亮帽子,好。一点钟,再会。"

老腊放回了听筒,手臂望着脑袋背后一甩,深深地呼了一口气,伸了一个懒腰,手臂又落了下来。"呼",她叹了口气,快快地重复坐正了。她是静静的,听着。屋子里所有的门户像是全打得大开似的。满屋子只是轻的,快的脚步声,流动的口音。那扇绿布包着的门,通厨房那一带去的,不住地摆着,塞、塞地响。一会儿又听着一个长长的,气呼呼的怪响。那是他们在移动那笨重的钢琴,圆转脚儿擦着地板的声音。但是那空气!要是你静着听,难道那空气总是这样的?小小的,软弱的风在闹着玩儿,一会儿望着窗格子顶上冲了进来,一会儿带了门儿跑了出去。还有两小点儿的阳光也在那儿闹着玩儿,一点在墨水瓶上,一点在白银的照相架上。乖乖的小点子,尤其是在墨水瓶盖上的那一点。看的顶亲热的。一个小小的,热热的银星儿。她去亲吻它都成。

前门的小铃子叮的叮的响了,接着沙第印花布裙子窸窣地上楼梯。一个男子的口音在含糊地说话,沙第答话,不使劲的,"我不知道呀,等着,我来问问薛太太。"

"什么事,沙第?"老腊走进了前厅。

"为那卖花的,老腊小姐。"

不错,是的。那边,靠近门儿,一个宽大的浅盘子,里面满放着一盆盆的粉红百合花儿。就是一种花。就是百合——

"肯那"百合，大的红的花朵儿，开得满满的，亮亮的，在鲜艳的，深红色花梗子上长着，简直像有灵性的一样。

"嘎——嘎，沙第！"老腊说，带着小小的哭声似的。她蹲了下去，像是到百合花的光炎里去取暖似的；她觉着他们是在她的手指上，在她的口唇上，在她的心窝里长着。

"错了，"她软音地说，"我们没有定要这么多的。沙第，去问娘去。"

但是正在这个当儿薛太太也过来了。

"不错的"，她静静地说，"是我定要的。这花儿多么可爱？"她挤紧着老腊的臂膀，"昨天我走过那家花铺子，我在窗子里看着了。我想我这一次总要买他一个痛快。园会不是一个很好的推头吗？"

"可是我以为你说过你不来管我们的事。"老腊说。沙第已经走开了，送花来的小工还靠近他的手车站在门外。她伸出手臂去绕着她娘的项颈，轻轻的，很轻轻的，她咬着他娘的耳朵。

"我的乖孩子，你也不愿意有一个过分刻板的娘不是？别孩子气，挑花的又来了。"

他又拿进了很多的百合花，满满的又是一大盘儿。"一条边的放着，就在进门那儿，门框子的两面，劳驾，"薛太太说，"你看好不好，老腊？"

"好，真好，娘。"

在那客厅里,梅格,玖思,还有那好的小汉士,三个人好容易把那钢琴移好了。

"我说,把这柜子靠着墙,屋子里什么都搬走,除了椅子,你们看怎么样?"

"成。"

"汉士,把这几个桌子搬到休息室里去,拿一把帚子进来把地毯上的桌腿子痕子扫了——等一等,汉士——"玖思就爱吩咐底下人,他们也爱听她。她那神气就像他们一块儿在唱戏似的。"要太太老腊小姐就上这儿来。"

"就是,玖思小姐。"

她又转身对梅格说话。"我要听听那琴今天成不成,回头下半天他们也许要我唱。我们来试试那 This life is weary。"

嘭!他!他,氐!他!那琴声突然很热烈地响了出来,玖思的面色都变了。她握紧了自己的手。她娘同老腊刚进来,她对她们望着。一脸的忧郁,一脸的奥妙。

这样的生活是疲——倦的,
一朵眼泪,一声叹气。
爱情也是要变——心的。
这样的生活是疲——倦的,
一朵眼泪,一声叹气。
爱情也是不久——长的,

时候到了……大家——回去!

但是她唱到"大家——回去"的时候,虽则琴声格外地绝望了,她的脸上忽然泛出鲜明的,异常的不同情的笑容。

"我的嗓子成不成,妈妈?"她脸上亮着。

这样的生活是疲——倦的,
希望来了,还是要死的。
一场梦景,一场惊醒。

但是现在沙第打断了她们。"什么事,沙第?"

"说是,太太,厨娘说面包饼上的小纸旗儿有没有?"

"面包饼上的小纸旗儿,沙第?"薛太太在梦里似的回响着。那些小孩子一看她的脸就知道她没有小旗儿。

"我想想。"一会儿,她对沙第坚定地说,"告诉那厨娘等十分钟我就给她。"

沙第去了。

"我说,老腊,"她母亲快快地说,"跟我到休息间里来。旗子的几个名字我写在一张信封的后背。你来替我写了出来。梅格,马上上楼去,把你头上那湿东西去了。玖思,你也马上去把衣服穿好了。听着了没有,孩子们,要不然回头你们爹晚上回家的时候我告诉他,说是——玖思,你要到厨房里去,告那厨娘别着急，好不好？这早上我怕死了她。"

那张信封好容易在饭间里那摆钟背后找了出来。怎么会在那儿，薛太太想都想不着了。

"定是你们里面不知谁从我的手袋里偷了出来，我记得顶清楚的——奶酪几司同柠檬奶冻。写下了没有？"

"写了。"

"鸡子同——"薛太太把那张信封擎得远远的，"什么字，看的像是小老虫。不会是小老虫。不是？"

"青果，宝贝。"老腊说，回过头来望着。

"可不是，青果，对的。这两样东西并着念多怪呀。鸡子同青果。"

她们好容易把那几张旗子写完。老腊就拿走到厨房去了。她见玖思正在那里平厨娘的着急，那厨娘可是一点儿也不怕人。

"我从没有见过这样精巧的面包饼，"玖思乐疯了的口音说，"你说这儿一共有几种，厨娘？十五对不对？"

"十五，玖思小姐。"

"好，厨娘，我恭喜你。"

厨娘手里拿着切面包饼的长刀，抹下了桌上的碎粉屑儿，开了一张嘴尽笑。

"高德铺子里的来了。"沙第喊着，从伙食房里走出来。她看见那人在窗子外面走过。

这就是说奶油松饼来了。高德那家店铺,就是做奶油松饼出名。有了他们的,谁都不愿意自己在家里做。

"去拿进来放在桌子上吧,姑娘。"厨娘吩咐。

沙第去拿了进来,又去了。老腊与玖思当然是长大了,不会认真地见了奶油什么就上劲。可是她们也就忍不住同声的赞美,说这松饼做得真可爱呀。太美了。厨娘动手拾掇,摇下了多余的糖冰。

"一见这些个松饼儿,像是你一辈子的茶会全回来了似的,你说是不是?"老腊说。

"许有的事,"讲究实际的玖思说,她从不想回到从前去的,"他们看着这样美丽的轻巧,羽毛似的,我说。"

"一人拿一个吧,我的乖乖,"厨娘说,她那快乐的口音。"你的妈不会知道的。"

这哪儿成。想想,才吃早饭,就吃奶油松饼。一想着都叫人难受。可是要不了两分钟,玖思与老腊都在舐他们的手指儿了,她们那得意的,心里快活的神气,一看就知道她们是才吃了新鲜奶油的。

"我们到园里去,从后门出去,"老腊出主意,"我要去看看工人们的篷帐怎么样了。那工人们真有意思。"

但是后门的道儿,让厨娘,沙第,高德铺子里的伙计,小汉士几个人拦住了。

出了事了。

"咯——咯——咯"，厨娘咯咯地叫着，像一只吓慌了的母鸡。沙第的一只手抓紧了她的下巴，像是牙痛似的。小汉士的脸子像螺旋似的皱着，摸不清头脑。就是高德铺子里来的伙计看是自己儿得意似的；这故事是他讲的。

"什么回事？出了什么事？"

"出了大乱子了，"厨娘说，"一个男子死了。"

"一个男子死了！哪儿？怎么的？什么时候？"

但是那店伙计可不愿意现鲜鲜的新闻，让人家当着他面抢着讲。

"知道那些个小屋子就在这儿下去的，小姐？"知道？当然她知道。"得，有个年轻的住在那儿，名字叫司考脱，赶大车儿的。他的马见了那平道儿的机器，今天早上在霍克路的基角儿上，他那马见了就发傻，一个斛斗就把他掷了下去，掷在他脑袋的后背。死了。"

"死了！"老腊瞪着眼望着那伙计。

"他们把他捡起来的时候就死了，"那伙计讲得更起劲了。"我来的时候正碰着他们把那尸体抬回家去。"他对着厨娘说，"他剩下一个妻子，五个小的。"

"玖思，这儿来。"她一把拉住了她妹子的衣袖，牵着她穿过了厨房，到绿布门的那一面。她停下了，靠在门边。"玖思！"她说，吓坏了的，"这怎么办，我们有什么法子把什么事都停了呢？"

"什么事都停了,老腊!"玖思骇然地说,"这怎么讲?"

"把园会停了,当然。"玖思为什么要装假?

但是玖思反而更糊涂了。"把园会停了?老腊我的乖,别那么傻。当然我们不干这样的事。也没有人想我们这么办。别太过分了。"

"可是现鲜鲜的有人死在我们的大门外,我们怎么能举行园会呢?"

这话实在是太过分了,因为那些小屋子有他们自个儿的一条小巷,在她们家一直斜下去的那条街的尽头。中间还隔着一条顶宽的大路哪。不错,他们是太贴近一点。那些小屋子看着真让人眼痛,他们就不应该在这一带的附近。就是几间小小的烂房子,画成朱古律老黄色的。他们的背后园里也就是菜梗子,瘦小的母鸡子,红茄的罐子。他们烟囱里冒出来的烟,先就是寒碜。烂布似的,烂片似的小烟卷儿,那儿比得上薛家的烟囱里出来的,那样大片的,银色的羽毛,在天空里荡着。洗衣服的妇人们住在那条小巷里,还有扫烟囱的,一个补鞋的,还有一个男的,他的门前满挂着小雀笼子。孩子们又是成群的。薛家的孩子小的时候,他们是一步也不准上那儿去的,怕的是他们学下流话,沾染他们下流的脾气。但是自从他们长成了,老腊同老利有时也穿着那道儿走。又肮脏,又讨厌。他们走过都觉得难受。可是一个人什么地方都得去;什么事情都得亲眼看。他们就是这样地走过了。

"你只要想想我们的音乐队一动手,叫那苦恼的妇人怎么受得住!"老腊说。

"嗄,老腊!"玖思现在认真地着恼了。"要是每次有人碰着了意外,你的音乐队就得停起来,你的一辈子也就够受了。我也是比你一样的难过。我也是一样的软心肠的。"她的眼睛发狠了。她那盯着她的姊姊的神气,就像是她们小时候打架的样子。"你这样的感情作用也救不活一个做工的酒鬼。"她软软地说。

"酒鬼!谁说他是酒醉!"老腊也发狠地对着玖思。"我马上就进去告诉娘去。"她说,正像她从前每次闹翻了说的话。

"请,我的乖。"玖思甜着口音说。

"娘呀,我可以到你的房里吗?"老腊手持着那大的玻璃门拳儿。

"来吧,孩子。唉,什么回事?怎么的你脸上红红的?"薛太太从她的镜台边转了过来。她正在试她的新帽子。

"娘,有一个人摔死了。"老腊开头说。

"不是在我们的园里?"她娘就打岔。

"不,不!"

"嗄,你真是吓了我一跳。"薛太太叹了口气,放心了,拿下了她的大帽子,放在她的膝腿上。

"可是你听我说,娘。"老腊说。她把这可怕的故事讲了,气都喘不过来。"当然,我们不能开茶会了不是,"她恳求地说,"音乐队,什么人都快到了。他们听得到的,娘;他们差不多是紧邻!"

她娘的态度竟是同玖思方才一样,老腊真骇然了!竟是更难受因为她看是好玩似的。她竟没有把老腊认真。

"但是,我的好孩子,你得应用你的常识。这无非是偶然的,我们听着了那回事。要是那边有人生病了——我就不懂得他们挤在那些脏死的小窠儿里,怎么的活法——我们还不是一样的开我们的茶会不是?"

老腊只好回答说"是的",可是她心里想这是全错的。她在她娘的沙发椅上坐了下来,捻着那椅垫的绉边。

"娘,这不是我们真的连一点慈悲心都没有了吗?"

"乖孩子!"薛太太站起身走过来了,拿着那帽子。老腊来不及拦阻,她已经把那帽子套在她的头上。"我的孩子!"她娘说,"这帽子是你的。天生是你的。这帽子我戴太嫌年轻了,我从没有见过你这样的一张画似的。你自己看看。"她就拿着手镜要她看。

"可是,娘。"老腊又起了一个头。她不能看她自己;她把身子转了过去。

这一来薛太太可也忍不住了,就像方才玖思忍不住了一样。

"你这是太离奇了,老腊,"她冷冷地说,"像他们那样人家也不想我们牺牲什么。况且像你这样要什么人都不乐意,也不见怎样的发善心不是?"

"我不懂。"老腊说,她快快地走了出去,进了她自己的卧房。在那里,很是无意的,她最先见着的,就是镜子里的一个可爱的姑娘,戴着她那黑帽子,金小花儿装边的,还有一条长的黑丝绒带子。她从没有想着过她能有这样的好看。娘是对的吗?她想。现在她竟是希望娘是对的。我不是太过分吗?许是太过分了。就是一转瞬间,她又见着了那可怜的妇人同她的小孩子,她男人的尸体抬到屋子里去。但这都是模糊的,不真切的,像新闻纸上的图画似的。等茶会过了我再想着吧,她定主意了。这像是最妥当的办法了……

中饭吃过一点半。两点半的时候他们已经准备这场闹了。穿绿褂子的音乐队已经到了,在那网球场的基角儿上落坐了。

"我的乖!"开第·梅得伦娇音地说,"可不是她们太像青虾蟆?你们应该让他们围着那小池子蹲着,让那领班的站在池中间一张花叶子上。"

老利也到了,一路招呼着进去换衣服了。一见着他,老腊又想起那件祸事了。她要告诉他。如其老利也同其余的见解一样,这就不用说一定是不错的了。她跟着他进了前厅。

"老利!"

"唉!"他已经是半扶梯,但是他转身来见了老腊,他就鼓起了他的腮帮子,睁着大眼睛望着她。"我说,老腊!你叫我眼都看花了,"老利说,"多,多漂亮的帽子!"

老腊轻轻地说:"真的吗?"仰着头对老利笑着,到底还是没有告诉他。

不多一会见客人像水一般来了。音乐队动手了,雇来的听差忙着从屋子跑到篷帐里去。随你向哪儿望,总有一对对的在缓缓地走着,弯着身子看花,打招呼,在草地上过去。客人们像是美丽的鸟雀儿,在这下半天停在薛家的园子里,顺路到——哪儿呢?啊,多快活呀,碰着的全是快活人,握着手,贴着脸子,对着眼睛笑。

"老腊乖乖,你多美呀!"

"你的帽子多合适呀,孩子!"

"老腊,你样子顶像西班牙美人,我从没有见你这样漂亮过。"

老腊抖擞着,也就软软地回答,"你喝了茶没有?来点儿水吧;今天的果子水倒真是别致的。"她跑到她爹那里去,求着他,"好爹爹,音乐队让他们喝点儿水吧?"

这圆满的下午渐渐地成熟了,渐渐地衰谢了,渐渐地花瓣儿全闭着了。

"再没有更满意的园会……""大,大成功……""真要算是最,最……"

老腊帮着她娘说再会。她们一并肩地站在门口,一直等到完事。

"完了,完了,谢谢天,"薛太太说,"把他们全找来,老腊。我们去喝一点新鲜咖啡去。我累坏了。总算是很成功的。可是这些茶会,这些茶会!为什么你们一定不放过要开茶会!"他们全在走空了的篷帐里坐了下来。

"来一块面包夹饼,爹爹。旗子是我写的。"

"多谢。"薛先生咬了一口,那块饼就不见了。他又吃了一块。"我想你们没有听见今天出的骇人的乱子吗?"

"我的乖,"薛太太说,举着她的一只手,"我们听见的。险一点把我们的茶会都弄糟了。老腊硬主张我们把会停了。"

"嘎,娘呀!"老腊不愿意为这件事再受嘲讽。

"总是一件可怕的事情不是?"薛先生说,"那死的也成了家了。就住在这儿下去那个小巷子里,他抛下了一个妻子,半打小孩,他们说。"

很不自然地小静了一会,太太的手弄着她的茶杯,实在爹不识趣了……

忽然她仰起头来望着。桌子上满是那些个面包夹饼,蛋糕,奶饼油松,全没有吃,回头全是没有用的。她想着了她的一个妙主意。

"我知道了,"她说,"我们装起一个篮子来吧。我们拿点儿这完全没有动的上好点心,给那可怜的女人吧。随便怎么样,她的小孩子们总有了一顿大大的食品,你们说对不对?并且她总有邻舍人等出出进进的。不劳她费心这全是现成的,可不是个好主意?"

"老腊!"说着她跳了起来,"把那楼梯边柜子里的那大竹篮子拿来。"

"但是,娘,你难道真以为这是个好主意吗?"老腊说。

又是一次,多奇怪,她的见解与旁人不同了。拿她们茶会余下的滓子去给人家。那可怜的妇人真的就会乐意吗?

"当然喽!今天你怎么的?方才不多一会儿,你抱怨着人家不发慈悲,可是现在——"

嗄,好的!老腊跑去把篮子拿来了。装满了,堆满了,她娘自己动手的。

"你自己拿了去,乖乖,"她说,"你就是这样去好了。不,等一等,也带一点大红花去。他们那一等人顶喜欢这大花儿的。"

"小心那花梗子毁了她的新花边衣。"讲究实际的玖思说。

真会的。还好,来得及。"那你就拿这竹篮子吧。喂,老腊!"她娘跟她出了篷帐——"随便怎样你可不要——"

"什么,娘?"

不,这种意思还是不装进孩子的脑袋里去好!"没有事!你跑吧!"

老腊关上园门的时候,天已经快黄昏了。一只大狗像一个黑影子似的跑过。这道儿白白地亮着,望下去那块凹地里暗沉沉的就是那些小屋子。

过了那半天的热闹这时候多静呀。她现在独自地走下那斜坡去，到一个地方，那里说是有个男子死了，她可是有点儿想不清似的。为什么她想不清？她停步了一会儿。她的内部像满蒙着亲吻呀，种种的口音呀，杯匙叮当的响声呀，笑呀，压平的青草味呀，塞得满满的。她再没有余地，放别的东西。多怪呀！她仰起头望着苍白的天，她心里想着的就是"对呀，这真是顶满意的茶会"。

现在那条大路已经走过了。已经近了那小巷，烟沉沉的黑沉沉的。

披着围巾的女人，戴着粗便帽的男人匆忙地走着。有的男人靠在木棚子上，小孩子们在门前玩着。一阵低低的嗡嗡的声响，从那卑污的小屋子里出来。有的屋子里有一星的灯亮，一个黑影子，螃蟹似的，在窗子里移动着。老腊低着了头快快地走。她现在倒抱怨没有裹上一件外衣出来。她的上身衣闪得多亮呀！还有那黑丝绒飘带的大帽子——换一顶帽子多好！人家不是望着她吗？他们一定在望着她。这一来来错了，她早知道错了。她现在再回去怎么样呢？

不，太迟了。这就是那家人家。一定是的，暗暗的一堆人站在外面。门边一张椅子里坐着一个很老的老婆子；手里拿着一根拐杖，她在看热闹，她的一双脚踏在一张报纸上。老腊一走近人声就停了。这群人也散了。倒像是他们知道她要到这儿来的似的，像是他们在等着她哪。

老腊异常地不自在。颠着她肩上的丝绒带子，她问一个站在旁边的妇人,"这是司考脱夫人的家吗?"那个妇人,古怪地笑着,回说:"这是的,小姑娘。"

嗄,这情形躲得了多好!她上前他们门前的走道,伸手敲门的时候,她真的说了,"帮助我,上帝。"只要躲得了他们那弹出的眼睛,这是有什么法子把自己裹了起来,裹在一个围肩里都好。我放下了这篮子就走,她打定了主意。我连空篮子都不等了。

那门开了,一个穿黑的小女人在暗冥里替她开着门。

老腊说,"你是司考脱夫人吗?"但是那女人的答话吓了老腊一跳,"请进来吧,小姐。"她让她关进在门里了。

"不,"老腊说,"我不进来了,我就要放下这篮子。娘叫我送来——"

在黑沉沉的夹道儿里的小女人像是没有听着似的。"走这儿,请,小姐。"她软媚的口音说,老腊跟了进去。

她进了一间破烂的,又低又窄的厨房,台上一盏冒烟的油灯。灶火的前面有一个妇人坐着。

"哀姆,"引她进去的那个小个儿说,"哀姆,是个小姑娘。"她转身对着老腊。她有意味地说,"我是她的妹子,小姐。您得原谅她不是?"

"嗄,这是当然!"老腊说。"请,请不要打搅她。我——我只要放下——"

但是这时候坐在灶火前的妇人转了过来。她的脸子,肿胀着,红红的,红肿的眼,红肿的口唇,看得可怕。她看是摸不清为什么老腊在那儿。这算什么的意思?为什么一个外客拿着一个篮子站在她的厨房里?这是什么回事?她那可怜的脸子又是紧紧地皱了起来。

"我有数,"还有那个说,"我会谢小姑娘的。"

她又说了,"您得原谅她,小姐,我想你一定。"她的脸子,也是肿肿的,想来一个讨好的笑容。

老腊只求马上出得去,马上走开,她已经回上了那条板弄。那门开了,她一直走过去,走进那间卧房,那死人就摊在那里。

"您得看看他不是?"哀姆的妹子说,她匆匆地跑上前去到那床边,"不要怕,我的姑娘,"——现在她的口音变了很爱惜,很机敏似的,她爱怜地把死人身上的被单拉下了,——"他像一幅画。什么怪相也没有。过来,我的乖。"

老腊过来了。

一个年轻的人躺在那里,深深地睡着——睡这样地着,这样地深,他看是离他们俩远着哪。嘎,这样隔着远远的,这样地平静。他在做梦,从此不要惊醒他了。他的头深深地落在枕头上,他的眼紧闭着,眼睛在紧闭了的眼睛子里是盲的了。他全交给他的梦了。什么园会呀,竹篮子呀,花边衣呀,与他有什么相干。他离开那些个事情远着哪。他是神奇的,美丽的了。一面他们在那里欢笑,一面音乐队在那里奏乐,这件不可思议的事到了这条小巷里。快活……快活……什么都好了，睡着的脸子在说。这正是该的，我是满足了。

但是我总得哭一哭，她要出这屋子总得对他说几句话。老腊响响地孩子似的哭了一声。

"饶恕我的帽子。"她说。

这时候她也不等哀姆的妹子了。她自己走出了门，下了走道，经过那些黑沉沉的人们。在那巷子的转角上她碰着了老利。

他从黑荫里走了出来。"是你吗，老腊？"

"是我。"

"娘着急了，没有什么吗？"

"是，很好。嘎，老利！"她挽住他的臂膀，紧紧地靠着他。

"我说，你没有哭不是？"她的兄弟问。

老腊摇着她的头，她是哭着哩。

老利拿手围着她的肩膀。"不要哭，"他那亲热的，爱怜的口音说，"那边难受不是？"

"不，"老腊悲哽地说，"这太不可思议了，但是，老利——"她停顿了，她望着她的兄弟。"生命是不是，"她打顿地说，"生命是不是——"但是生命是什么她说不上，不碍，他很懂得。"可不是，乖乖？"老利说。

十月二十九日下午二时译完

毒　药

邮差来得很迟。我们饭后散步回来了都还没有到。

"还没有哪，太太。"安娜唱着，匆匆地跑回去烧菜了。

我们把我们的纸包带进了饭厅。桌子摆好了。每回我看着这两个人的餐具——就只两个人的——来得这整齐，合适，再没有第三者的地位，我就觉得一阵古怪的飞快的寒噤仿佛是叫那银色电光满在白桌布上，亮玻璃杯上，装泽兰花的浅瓷盘上耀动地打着了似的。

"咒那老信差！什么回事还不来他的？"阿梨说，"把东西放下了，亲亲。"

"你要我往哪儿放？"

她抬起她的头；笑她那甜甜的逗人的笑。

"随便哪儿——蠢。"

可是我心上顶明白我决不能随便放，我宁可抱着那肥矮的蜜酒瓶子糖果包儿成月成年地站着，绝不能招她爱整齐的细心受一点点的烦腻。

"这儿——交给我吧。"她接了过去，连着她的长手套一小篮的干果往桌上一掷。"饭桌子。短篇小说谁——谁写的？"她拉着我的臂膀。"我们到凉台上去。"——我觉着她震震的。"Ca Sent,"她轻轻地说，"de la Cuisine……"（这儿闻着厨房的味儿。）

我新近留心——我们到南边来有两个月了——她每回要讲到吃食，或是天气，或是闹着玩给我说亲热话，她就说法文。

我们蹲在天棚底下的栏杆上。阿梨靠着往下望——直沿着那仙人掌镶边的白道儿望。她那耳朵的美，就那耳，美得叫你诧异，我真可以一边看了它转过头去对着底下那一片闪光的海水愣着说："你知道——她的耳！她那一双耳简直是顶……"

她穿一身白的，脖子上套着一串珠子，腰带上插着一把铃兰。她左手的第三个手指上戴一只珠戒——没有结婚戒。

"为什么我用着戴，Mon ami？我们为什么要充？谁在乎来？"

这我当然同意，虽则就私心深处说，我才叫愿意在一个大大的体面的教堂里站在她的一边，背后满挤着人，一个多老多威严的老牧师当差，听那当初"乐园里的声音"，旁边晃着棕榈叶子，满闻着香味，教堂外面铺着红地毯，还有什么喜糕，香槟，一只缎鞋预备往彩车后背掷的——要是我能把一个结婚戒滑上她的手指。

也不为我稀罕这套讨人厌的铺张，可是我觉得这一来或许可以减少些这"绝对自由"怪味儿的感觉，我意思是她的绝对自由，当然。

喔天！什么刑罚这幸福是——什么痛苦，我望着这庄子看，看我们睡房的窗子顶神秘地在绿色稻草编的窗帘背后躲着。她会不会得在那绿光里移动着，笑着她那奥妙的笑，她那懒洋洋亮晶晶专对我的笑？她的手臂钩住了我的脖子；那一只手软软地，骇人地，掠着我的头发。

"你是谁呀？"她是谁呀？她是——"女人"。

在春天第一个暖和的晚上，灯光像珍珠似的在紫丁香的空气里透亮着，小声音在花鲜鲜的园里嘀咕着，在那里茜纱长帘笼着的高屋里唱着的就是她。那晚在月光下坐车进那外国城子，落在街旁窗扉上闪荡的金光里的是她的影子。上灯的时候，在新来的静定里走进你的门的是她的脚步。回头，摩托车扫着过去的时候，她直瞅着深秋的黄昏，脸白白的，脖子上围着皮……

简单说，那时候我二十四。当她仰面躺着，珠项链兜着她的下巴，叹一口气说，"我渴了，亲爱的，给我一个橘子。"我真情情愿愿地往水里跳到大鳄鱼牙缝里去拼一个橘子回来——要是鳄鱼口里有橘子的话。

　　我要是有两只毛毛的小翅，
　　　是一只毛毛的小雀……

阿梨唱着。

我抓住她的手。"你不会飞跑的?"

"不远儿,顶远到那条道儿的尽头。"

"干什么要上那儿去?"

她背诗了:"他不来,她说……"

"谁?那笨迟的老邮差?可是你没有望着信。"

"不,可是这叫人着急还不是一样。啊!"忽地她发笑了,紧靠着我。"那儿就是他——看——像一只蓝色的硬壳虫。"

我们俩脸凑得紧紧的,望着那蓝虫子慢慢地爬上来。

"亲爱的。"阿梨低喘着。那字音像是在空气里待着不散,震震的像是琴弦上发出来的一个音符。

"怎么了?"

"我不知道,"她软软地笑着,"一阵波浪——一阵情爱的波浪,我猜是。"

我伸手圈住了她,"那你不想飞跑了?"

她快快地幽幽地说:"不!不!有什么我都不,真的不,我爱这个地方,我爱在这儿待着。我成年地住下去都能,我信。我从没有过像这两个月快活的时光,你又待我这样好,亲爱的,没一点不如我的意。"

这来真是极乐——听她说这样话真是难得,从不曾有过的,我得把它笑开了去。

"别这!你说话倒像是要分离告别似的。"

"喔,胡说,胡说。再不要你随便说话——说笑也不许!"她的一只小手溜进了我的白外褂,抓住了我的肩膀。"你这一响乐了不是?"

"乐?乐?喔,天——要是你知道我这忽儿的心里……乐!我这奇怪!我这快活!"

我离开了栏杆,抱住了她,把她举在我的怀里。她悬空着,我把我的脸紧偎着她的胸膛低声说:"你是我的?"

自从认识她以后,我直着急了这几个月,也算上那一个什么——可不是——登仙的一个月,这回她回答我的话我才第一次完全地相信了:

"是,我是你的。"

门开的声响连着信差上石子路的脚步,分开了我们。一阵子我觉得发眩。我就站在那里微微地笑,自己觉得怪笨相的。阿梨向着放藤椅子一边走了过去。

"你去——去拿信。"她说。

我——哦——我简直晃了开去。可是我已经太迟了,安娜跑了来。"没有信。"她说。

我冲着她递报纸给我露出了粗心的笑容准逗她觉着诧异。我快活得什么似的,我把报纸往空中一丢口里唱着:

"没有信,乖乖!"我走近我这心爱的女人躺着的一张长椅子边。

一阵子她没有回话。直到她拉开报纸包皮的时候才慢慢地说:"忘了这世界,叫这世界给忘了。"

有好多为难的当儿只要一支烟卷就过得去。它还不止是一个同伴哪;它是一个秘密的,顶合适的小朋友,他这事情全懂得,完全懂得。你抽的时候你望着它——笑或是板脸,看情景起;你深深地吸一口,又慢慢地把那口烟吐了出来。这正是这样一个当儿。我走近那棵檬果树去,深深地吸那香味。我又走了回来,靠着她的肩膀。可是一阵子她就把手里的报纸往石板上一掷。

"什么都没有,"她说,"没有事。就有一个什么毒药案子。一个男人说是谋杀了他的太太,谁知他是不是,每天有两万人拥在法庭里听审,审过了一次就有两百万字电报满天飞报告新闻。"

"蠢世界!"我说,往一张椅上栽了下去。我心想忘了这报纸,再回到方才信差没上门以前的情形,可是不怎么露痕迹的,当然。但是从她那回话的声音我就知道那时候目前是回不来了。不碍事,我甘愿等着——整五百年都行——反正我现在有拿把了。

"也不怎么蠢,"阿梨说,"再说这也不能完全是那两万人方面病理的好奇。"

"是什么呢,乖?"天知道我管他是什么。

"有罪!"她叫着说,"有罪!你明白不明白那个?他们着了迷似的正像是生病人听着了什么关连他们自己病症的消息。

囚箱里站着的那个许是够清白的，是在法庭里的群众几乎全是下毒的人。难道你从没有想着过，"——她一兴奋脸色变白了——"这每天有多少毒害的情形？难得有几个结婚的夫妇能保得住不彼此毒害——夫妻们，情人们。喔，"她叫着，"多少杯茶，多少盅酒，多少杯咖啡，全是沾了毒的。单说我自己就有几多，拿在手里喝，心里明白或是不明白——冲着这险。世上还有好多夫妻，"——她发笑了——"没有摧的缘故，就为彼此害怕不敢给那致命的一服。那一服得要你够狠心！可是迟早总免不了。那药一次下了以后你再也不用想往回走。那就是结局的开端，真的，你信不信？你懂不懂我的意思？"

她没等我回话。她拆下了她带上的铃兰花，躺了下去，拿花在她的眼前晃着。

"我的两个男人都毒了我。"阿梨说。

"我第一个丈夫差不多一结婚就给了我大大的一服，可是我那第二个倒也算是一个美术家。就给一点点儿，隔了一时再给一点点儿，又是顶聪明的，一点也不露痕迹——喔，真聪明！直到一个早上我醒来的时候才明白，我浑身直通到手指脚趾尖上，没一个细胞里不含着稀小的一点。我就刚够有时候……"

我就恨她这样坦然地提起她的丈夫，尤其是今天。那叫人难受。我正要说话，她悲声地叫了出来：

"为什么？为什么这事情得轮着我身上？我做了什么来了？

为什么我这辈子就叫人说挑出来……那不是串通了害人来了。"

我就对她说那是因为这世界太坏,她太好了——太精,太美,这世界就不容。我插了一个小笑话:

"可是我没有成心来害你。"

阿梨来了一个古怪的小笑,口咬着一条花梗子。

"你?"她说,"你害不了一个苍蝇!"

怪,那话倒反刺人,顶难过的。

这当儿安娜给我们拿了饭前开胃酒来。阿梨靠出身子去从盘上拿了一杯递给我。我留意到我叫的她那珠手指上的珠子的闪亮。她说那话哪能叫我不难受?

"你,"我说,拿起酒杯,"你从没有毒过谁。"

那话给了我一个意思;我想说明白它。"你——你刚做的反面。叫什么呢?像你这样人,非但不毒人,反而给他们装上——不论谁,信差,替我们赶车的,划船的,卖花的,我——给他们装上新生命,布施她自己的光彩,她的美,她的——"

梦迟迟的她微笑着;梦迟迟的她望着我。

"你想着什么来了——我的可爱的乖乖?"

"我正想着",她说,"饭后不知道你去不去邮局取下午信。你不介意吗,亲爱的?我并不是等信——可是——我正想着,也许——要是有信不去取可不是傻。对不对?要不然等到明天多傻。"她是看她手指间的玻璃杯梗子。她的美丽的头往下注着,但我举起了我的杯,喝了,实在是啜着——慢慢地啜着,成心的,眼瞵着那暗蓬蓬的头,心想着——信差,蓝虫子们,告别的话那并不是告别的话,还有——

老天爷!是幻想吗?不,那不是幻想。那酒尝着冷,苦味,怪。

巴克妈妈的行状

巴克妈妈是替一个独身的文学家收拾屋子的。一天早上那文学家替她开门的时候，他问起巴克妈妈的小外孙儿。巴克妈妈站在那间暗暗的小外房的门席子上，伸出手去帮着他关了门，再答话。"我们昨天把他埋了，先生。"她静静地说。

"啊啊！我听着难过。"那文学家惊讶地说。他正在吃他的早饭。他穿着一件破烂的便袍，一张烂破的报纸，拿在一只手里。但是他觉得不好意思。要不再说一两句话，他不好意思走回他的暖和的"起坐间"去——总得再有一两句话。他想起了他们一班人下葬是看得很重的，他就和善地说，"我料想下葬办得好好儿的。"

"怎么说呢，先生？"老巴克妈妈嘎着嗓子说。

可怜的老婆子！她看得怪寒碜的。"我猜想你们下葬办得——办得很妥当吧。"他说。巴克妈妈没有答话。她低着头，蹒跚着走到厨间里去了，手里抓紧着她的老旧的鱼袋，那袋里放着她的收拾的家伙，一条厨裙，一双软皮鞋。文学家挺了挺

037

他的眉毛,走回他的房里吃早饭去了。

"太难受了,想是。"他高声地说着,伸手去捞了一块橘酱。

巴克妈妈从她帽子里拔出了两枝长簪,把帽子挂在门背后。她也解开了她破旧的短外衣的衣扣,也挂上了。她捆上了她的厨裙,坐下来脱她的皮靴。脱皮靴或是穿皮靴是她一件苦楚的事,但是她吃这苦楚也有好几年了。其实,她真是吃惯这苦的,每次她连靴带都不曾解散,她的脸子早已拉得长长的,扭得弯弯的,准备那一阵的抽痛。换好了鞋,她叹了口气坐了下去,轻轻地抚摸她的膝部……

"奶奶!奶奶!"她的小孙儿穿着有扣的小皮靴站在她的衣兜上。他方才从街里玩过了进来的。

"看,孩子,你把你的奶奶的裙子踹得像个什么样子!你顽皮的孩子!"

但是他用一双小手臂抱着她的头项,把他的小脸子紧紧地贴着她的。

"奶奶,给我一个铜子!"他讨好地说。

"去你的,孩子;奶奶没有铜子。"

"你有的。"

"不,我没有。"

她已经伸手去摸她的破旧的,压坏的,黑皮的钱包。

"可是孩子你又有什么东西给你的奶奶呢?"他给了一个怕

羞的小小的笑靥，小脸子挨得更紧了。她觉得他的眼睫毛在她的腮边跳动着。"我没有什么东西。"他喃喃地说……

老妇人跳了起来，伸手从汽油炉上拿下了铁水壶，走到废物槽边盛水去。开水壶里的沸响好像呆钝了她的心痛似的。她又装满了提桶和洗器盆的水。

没有一本整本的书，也描写不了那厨房的情形。每星期除了星期日那文学家"总算"是自己收拾的。他把用过的茶叶尽朝尽晚地倒在一个梅酱瓶里，那是放着专为倒茶叶用的，要是他用完了干净的叉子，就在拉得动的擦手布上篦了一个两个暂时使用。除此以外，他对他的朋友说，他的"系统"是很简单的，他总不懂人家管家就有那么多的麻烦。

"你把你所有的家具全使脏了，每星期叫一个老婆子来替你收拾不就完？"

结果是把厨房弄成了一个巨大的垃圾桶。连地板上满是面包皮屑，信封，烟卷蒂头。但是巴克妈妈倒不怨他。她看这年轻的先生没有人看着他，怪可怜的。从那烟煤熏黑了的窗子望出去只看见一大片惨淡的天，有时天上起了云，那些云也看得像用旧了，老惫了似的，边上擦烂了的，中间有的是破洞，或是用过了茶叶似的暗点子。

一面壶里的水在蒸汽，巴克妈妈拿了帚子扫地。"是的，"她心里想，帚子在地板上碰着，"管他长的短的，我总算有了我的份儿了。我只是劳苦了一辈子。"

就是邻居们也是这么地说她。好几回她拿着她的旧鱼袋，蹒跚着走回家的时候，她听他们站在路的转角儿上，或是靠在他们门外的铁栏子上，在说着她，"她真是劳苦了一辈子，巴克妈妈真是劳苦了一辈子。"这话真是实在的情形，所以巴克妈妈听了也没有什么得意。好比你说她是住在二十七号屋子的地层的后背，一样地不稀奇。劳苦了一辈子！……

十六岁那年她离了斯德辣脱福特，到伦敦做人家厨下帮忙的。是呀，她是生长在阿房河上的斯德辣脱福特的。莎士比亚，先生你问谁呀？不，人家常在问着她莎士比亚这样那样的。但是她却从没有听见过他的名字，直到他后来见了戏馆外面的招贴。

她的本乡她什么都记不得了，除了"黄昏时候坐在家里火炉边，从烟筒里望得见天上的明星"，还有"娘总有一长条的咸肉挂在天花板上的"。还有一点什么——一个草堆儿，有的是——在家门口儿，草香味儿顶好闻的。但是那草堆儿也记不清了。就是有一两次生了病睡在病院里的时候，她记起了那门前的草堆儿。

她第一次做工的人家，是一个很凶的地方，他们从不准她出门。她也从不上楼去，除了早上与晚上的祷告。那地层倒是很整齐的。厨娘待她也很凶。她常抢她没有看过的家信，掷在火灶里毁了，因为怪她看了信总是做梦似的想心事……还有那些蟑螂！你许不信——她没有到伦敦之前，从没有见过一个黑偷油婆儿。每次讲到这儿巴克妈妈总是自己要笑的,好像是……从没有见过一个黑偷油婆儿!得了!这不是比如说你从没有见过你自个儿的脚,一样地可笑。

后来这家人家把房子卖了,她又到一个医生家里去"帮忙",在那里做了两年早上忙到晚的工以后,她就和她的男人结婚。他是一个面包师。

"他是做面包的,巴克太太!"那文学家就说。因为有时候他也暂时放下他的书本,留心来听她的讲话,讲她的——生平。"嫁一个面包师准是顶有意思的!"

巴克太太的神气没有他那样的有把握。

"这样洁净的生意。"文学家说。

巴克太太还是不大相信。

"你不愿意把新鲜做出来的整块的面包,递给你们的主顾吗?"

"可是,先生,"巴克妈妈说,"我老在地层里,不大上楼到店里去。我们总共有十三个小孩,七个已经埋了。我们的家要不是医院,就是病院,对不对呢?"

"真的是,巴克太太!"文学家说着,耸着肩膀,又把笔拿在手里了。

是的,七个已经去了,剩下的六个还不曾长大,她的丈夫得了肺病,那是面粉入肺,那时医生告诉她……她的丈夫坐在床里,衬衫从后背翻上头,医生的指头在他的背上画了一个圆圈。

"我说，要是我们把他从这里打开，巴克太太，"那医生说，"你就看得见他的肺让白面粉打了一个大洞。呼气试试，我的好朋友！"这儿巴克太太说不清是她亲眼见的或是她的幻想，她见她可怜的丈夫口唇一开就有风车似的一阵白灰冒了出来……

但是她还得奋斗着养大她的六个小孩子，还得奋斗着自个儿过自个儿的活，可怕的奋斗！后来，等到那群孩子稍微长大一点可以上学堂去了，她丈夫的姊妹来伴他们住着帮一点子忙，可是她住不满两个月，她就从楼梯上闪了下来，伤了她的背梁。那五年内巴克妈妈又有了一个孩子——又是一个哭哭啼啼的！——她还得自个儿喂奶。后来玛蒂那孩子没有走正道儿，连着她妹子阿丽司都被带坏了；两个男孩子上了外洋，小杰姆到印度当兵去，最小的安粟嫁了一个一事无成的小堂倌，来义生的那年他生烂疮死了。现在小来义我的小外孙儿……

一堆堆的脏杯子，脏盘子，都已洗过，擦干了。墨水似的黑的刀子，先用一片白薯狠劲地擦，再用软木，才擦得干净。桌子已经擦净，食器架与那水槽子一根根沙田鱼的尾巴在泳着……

那孩子从小就不强健——从小就是的。他长得怯怜怜的，人家看了都当是女孩子。银白的好看的发卷儿他有，小蓝眼儿，鼻子的一边有宝石似的一个小斑点儿。养大那孩子，她与她女儿安粟费的劲儿！报上有什么，她们就买了让他读！每星期日的早上安粟高声地念报，一面巴克妈妈洗她的衣服。

"好先生，——我就写一行字让你知道我的小孩梅的儿差不多已经死了……用了你的药四瓶……在九星期内长了八磅的重，现在还在继续地加重哪。"

念了这类的药广告，架子上盛着墨水的鸡蛋杯就拿了下来，买药的信也写成了，明天早上妈妈去做工的时候乘便就到邮局里去买了一张邮汇单。但是还是没有用。什么法子都不能叫小来义加重。就是带了他到惨淡的墓园去，他的小脸子上也比不出一点活泼的颜色，老是那青白的；就是抱了他去坐街车好好地震他一次，回家来他的胃口还是不成。

但是他是奶奶的孩子，原先就是的……

"你是谁的孩子呀？"巴克妈妈说着，伸着腰，从炉灶边走到烟煤熏黑的窗边去了。一个小孩的口音，又亲热，又密切，妈妈几乎气都喘不过来——那小口音好像就在她的胸口，在她的心里——笑了出来，喊说，"我是奶奶的孩子！"

正在那个时候来了一阵脚步声，文学家已经穿了衣服预备出门散步去。

"巴克太太，我出去了。"

"是您哪，先生。"

"你的'二先令六'我放在墨水架的小盘上。"

"费心您哪，先生。"

"啊，我倒想起了，巴克太太，"文学家急促地说，"上次你在这儿的时候，有些可可你没有掷了吗？"

"没有，先生。"

"很怪，明明的有一调羹的可可剩在铁筒子里的，赌咒都成。"他转身走了。他又回头说，和缓地，坚定地，"以后你要掷了什么东西，请你告诉我一声，好不好，巴克太太？"他走了开去，很得意的神气，他自以为他已经让巴克太太明白，别看他样子不精明。他同女太太们一样的细心哪。

"嘭"的一声门关上了。她拿了她的刷子，揩抹布，到卧房里去收拾，但是她在铺床的时候，拉直着，折拢着，轻拍着，她还是忘不了她的小外孙儿，她想着真难受。为什么他要那样的受罪？她总是想不通。为什么一个好好的安琪儿似的小孩，会得连喘气都得同人要，用得着吃那样的大苦。要一个小孩子遭那样的大罪，她看得真没有意思。

……来义的小胸膛发出一种声响，像是水在壶滚沸似的。有一大块的东西老是在他的胸膛里泛泡似的，他怎么也摆脱不了。他一咳嗽，汗就在他的头上钻了出来；他的眼也胀大了，手也震着，他胸口里的一大块就在那里泛泡，像一个白薯在锅子里乱滚似的。这还不算什么，最难受的是他有时也不咳嗽，他就是背着枕头坐着，不说话也不答话，有时竟是连话都听不见似的。他就是坐着，满面的不痛快。

"这可不是你的可怜的老奶奶的不好，我的乖乖。"老巴克妈妈说，在他涨紫了的小耳朵边轻掠着他汗湿了的头发。但是来义摇着他的头，避开了去，看得像是和她很过不去似的——脸子还是沉沉的。他低着他的头，斜着眼望着她，像是他不能相信这是他的奶奶似的。

但是到了末了……巴克妈妈把压床被甩着，铺过床去。不，她简直地想都不能想。

这是太难了——她一生的命实在是太苦了。她一直忍耐到今天，她，她还得自己顾管自己，也从没有人见她哭过。谁都没有见过，就是她自己的孩子也从没有见过她倒下来。可是现在！来义完了——她还有什么？她什么都完了。她过了一辈子就是淘成了一个他，现在他也没有了。为什么这些个儿事情全碰着我？她倒要问。"我做了什么事？"老妈妈说，"我做了什么事？"

她一头说着话，她手里的刷子掉了下去。她已经在厨间里。她心里难受得可怕，她就戴上了她的帽子，穿上了外衣，走出了那屋子，像在梦里似的。她自己也不明白她在干什么。她像是一个人让什么可怕的事吓了疯了转身就跑似的——哪儿都好，只要走开了就像是逃出了………

那时街上很冷，风来像冰似的，来往的人快步地走着，很快；男人走着像剪子，女人像猫。没有人知道——也没有人管。就使她倒了下来就便隔了这么多的年份，到底她哭了出来，她着落在那儿呢——拘留所，也许的。

但是她一想着哭，就像小来义跳上了他奶奶的臂膀似的。

啊，她就想哭，小囝囝。奶奶要哭。只要她现在哭得出，一场痛痛快快地大哭，什么都该得哭，一直从她初次做工的地方与那凶恶的厨娘哭起，哭过去哭到第二次做工的那医生家里，再哭那七个早死的小的，再哭她丈夫的死，再哭她走散了的孩子们，再哭以后苦恼的日子，一直哭到小外孙儿来义。但是要认真的什么都得哭，一件件地哭，就得有多大的工夫。还是一样，哭的时候已经到了。她总得哭一场。她再不能放着等；她再不能等了……她能上哪儿去呢？

"她是劳苦了一生的，巴克太太。"是的，劳苦了一生，真是！她的腮子颤动起来了；要去就得去了。但是哪儿呢？哪儿呢？

她不能回家，安粟在那儿，她准把安粟的命都吓跑了。她不能随便选一个路凳坐着哭：人家准会过来盘问她。她又不能回到她那先生的屋子去；她不能在旁人的家里放着嗓子号哭。要是她坐在露天的阶沿石级上，就有警察过来对她说话。

啊，难道真是连一个可以自个儿躲起来随她爱待多久，不麻烦人家，也没有人来"别扭"她的地方都找不到了吗？难道真是在这世界上就没有她可以尽性地哭他一个痛快的地方了吗——到底？

巴克妈妈站定了，向天望望，向地望望：冰冷的风吹着她的厨裙，卷成了一个气球。现在天又下雨了。还是没有地方去。

一杯茶

　　费蔷媚并不怎样地美。不,你不会得叫她美。好看?哦是的,要是你把她分开来看……可是为什么要拿一个好好的人分开来看,这不太惨了吗?她年纪是轻的,够漂亮,十分地时新,穿衣服讲究极了的,专念最新出的新书博学极了的,上她家去的是一群趣极了的杂凑,社会上顶重要的人物以及……美术家——怪东西,她自己的"发现",有几个怕得死人的,可也有看得过好玩的。

　　蔷媚结婚二年了。她有一个蜜甜的孩子,男的。不,不是彼得——叫密仡儿。她的丈夫简直是爱透了她。他们家有钱,真的有钱,不是就只够舒服过去一类,那听着寒碜,闷劲儿的,像是提起谁家的祖老太爷祖老太太。他们可不,蔷媚要什么东西,她就到巴黎去买,不比你我就知道到彭德街去。她要买花的话,她那车就在黎锦街上那家上等花铺子门前停住了,蔷媚走进铺子去扁着她那眼,带"洋味儿"的看法,口里说:"我要那些那些。那个给我四把。那一瓶子的玫瑰全要。

哦,那瓶子也让我带了去吧。不,不要丁香。我恨丁香。那花不是样儿。"铺子里的伙计弯着身子,拿丁香另放在一个看不见的地方,倒像她那话正说对了似的,丁香是真不是样儿。"给我那一球矮个儿的黄水仙。那红的白的也拿着。"她走出铺子上车去的时候,就有一个瘦小的女孩子一颠一颠地跟在背后,抱着一个多大的白纸包的花,像是一个孩子裹在长抱裙里似的……

一个冬天的下午她在寇崇街上一家古董铺里买东西。她喜欢那铺子。他那儿先就清静,不提别的,你去往往可以独占,再兼那铺子里的掌柜,也不知怎么的,就爱伺候她。她一进门儿,他不提有多快活。他抱紧了他自个儿的手;他感激得话都说不出来。恭维,当然。可还是的,这铺子有意思……

"你明白,太太,"他总是用他那恭敬的低音调讲话,"我宝贵我的东西。我宁可留着不卖的,与其卖给不识货的主顾,他们没有那细心,最难得的……"

一边深深地呼着气,他手里拿一小方块的蓝丝绒给展开了,放在玻璃柜上,用他那没血色的指尖儿按着。

今天的是一只小盒子。他替她留着的。他谁都没有给看过的。一只精致的小珐琅盒儿,那釉光真不错,看得就像是在奶酪里焙成的。那盖上雕盖一个小人儿站在一株开花的树底下,还有一个更小的小人儿还伸着她那一双手搂着他哪。她的帽子,就够小绣球花的花瓣儿大,挂在一个树枝上;还有绿的飘带。半天里还有一朵粉红的云彩在他们的头顶浮着，像一个探消息的天使。蔷媚把她自己的手从她那长手套里探了出来。她每回看这类东西总是褪了手套的。哦，她很喜欢这个。她爱它，它是个小宝贝。她一定得留了它。她拿那奶光的盒儿反复地看，打开了又给关上，她不由地注意到她自个儿的一双手，衬着柜上那块蓝丝绒，不提够多好看。那掌柜的，在他心里那一个不透亮的地基儿，也许竟敢容留同样的感想。因为他手拿着一管铅笔，身子靠在玻璃柜上，他那白得没血色的手指儿心虚虚地向着她那玫瑰色发艳光地爬着，一边他喃喃地说着话："太太你要是许我点给你看，那小人儿的上身衣上还刻着花哪。"

"有意思！"蔷媚喜欢那些花。这要多少钱呢？有一晌掌柜的像是没有听见。这回她听得他低声的说了，"二十八个金几尼，太太。"

"二十八个几尼。"蔷媚没有给回音。她放下了那小盒儿；她扣上了她的手套。二十八个几尼。就有钱也不能……她愣着了。她一眼瞟着了一把肥肥的水壶，像一只肥肥的母鸡蹲在那掌柜的头上似的，她答话的口音还有点儿迷糊的："好吧，替我留着——行不行？我想……"

但是那掌柜的已经鞠过躬，表示遵命，意思仿佛是替她留着是他唯一的使命。他愿意，当然，永远替她留着。

那扇谨慎的门咄地关上了。她站在门外的台阶上，看着这冬天的下午。正下着雨，下雨天就跟着昏，黑夜的影子像灰沙似的在半空里洒下来。空气里有一股冷的涩的味儿，新亮上的街灯看着凄惨。对街屋子里的灯光也是这阴瑟瑟的。它们暗暗地亮着像是惆怅什么。街上人匆匆地来往，全躲在他们可恨的伞子底下。蔷媚觉着一阵子古怪的心沉。她拿手筒窝紧了她的胸口；她心想要有那小盒子一起窝着多好。那车当然在那儿。边街就是的，可是她还待着不动。做人有时候的情景真叫你惊心，就这从屋子里探身出来看着外边的世界，哪儿都是愁，够多难受。你可不能因此就让打失了兴致，你应当跑回家去，吃他一顿特别预备的茶点。但她正想到这儿的时候，一个年轻的女孩子，瘦的，黑的，鬼影子似的——她哪儿来的？——贴近蔷媚的肘子旁边站着，一个小声音，像是叹气，又像是哭，在说着话："太太，你许我跟你说一句话吧？"

"跟我说话？"蔷媚转过身子去。她见一个小个儿的破烂的女子睁着一双大眼珠，年纪倒是轻的，不比她自己大，一双冻红的手抓着她的领口，浑身发着抖，像是才从凉水里爬起来似的。

"太——太太，"那声音发愣地叫着，"你能不能给我够吃一杯茶的钱？"

"一杯茶？"听那声音倒是直白老实的；一点也不像花子的口气。"那你一个子儿也没有吗？"蔷媚问。

"没有，太太。"她回答。

"多奇怪!"蔷媚冲着黄昏的微光直瞧,那女子的眼光也向她瞪着。这不比奇怪还奇怪!蔷媚忽然间觉到这倒是个奇遇。竟像是陀思妥耶夫斯基小说里出来的,这黑夜间的相逢。她就带这女子回家去又怎么呢?她就试演演她常常在小说里戏台上看到的一类事情,看他下文怎么来,好不好呢?这准够耸荡的。她仿佛听着她自己事后对她的朋友们说:"我简直地就带了她回家。"这时候她走上一步,对她身旁暗沉沉的人影儿说:"跟我回家吃茶去。"

那女子吓得往后退。她给吓得连哆嗦都停了一阵子。蔷媚伸出一只手去,按着她的臂膀。"我不诳你。"她说,微微地笑着。她觉得她的笑够直爽够和气的。"来吧,为什么不?坐了我车一共回家吃茶去。"

"你——你不能是这个意思,太太。"那女子说,她的声音里有苦痛。

"是的哪,"蔷媚叫着,"我是要你去。你去我欢喜,来你的。"

那女子拿她的手指盖住她的口,眼睁得老大地盯着蔷媚。"你——你不是带我到警察局去?"她愣着说。

"警察局!"蔷媚发笑了。"我为什么要那么恶?不,我就要你去暖和暖和,乘便听听——你愿意告诉我的话。"

饿慌了的人是容易被带走的。小车夫拉开了车门,不一忽儿她们在昏沉的街道上飞似的去了。

"得！"蔷媚说。她觉着得胜了似的，她的手溜进了套手的丝绒带。她眼看着她钩住的小俘虏，心里直想说，"这我可逮住你了。"她当然是好意。喔，岂但好意。她意思要做给这女子看，叫她相信——这世界上有的是奇怪的事情，——神话里仙母是真碰得到的——有钱人是有心肠的，女人和女人是姊妹。她突然转过身子去，说："不要害怕。再说，你有什么可怕的，跟我一同走有什么怕？我们都是女人。就说我的地位比你的好，你就该盼望……"

可是刚巧这时候，她正不知道怎样说完那句话，车子停了，铃子一按，门开了，蔷媚有她那殷勤的姿态，半保护地，简直抱着她似的，把那女子拉进了屋子去。暖和，柔软，光亮，一种甜香味儿，这在她是享惯了的平常不放在心上，这时候看还有那个怎样的领略。有意思极了的。她像是一个富人家的女孩子在她的奶房里，柜子打开一个又一个，纸盒儿放散一个又一个的。

"来，上楼来，"蔷媚说，急于要开始她的慷慨，"上来到我房间里去。"这来也好救出这可怜的小东西，否则叫下人们盯着看就够受的；她们一边走上楼梯，她心里就打算连金儿都不去按铃叫她，换衣服什么她自个儿来。顶要紧的事情是要做得自然！

"得！"蔷媚第二次又叫了，她们走到了她那宽大的卧房；窗帘全已拉拢了的，壁炉里的火光在她那套精美的水漆家具，金线的坐垫，淡黄的浅蓝的地毯上直晃耀。

那女子就在靠进门那儿站着，她看昏了的样子。可是蔷媚不介意那个。

"来坐下，"她叫，把她那大椅子拉近了火，"这椅子舒泰。来这儿暖和暖和。你一定冷极了。"

"我不敢，太太。"那女子说，她挨着往后退。

"喔，来吧，"——蔷媚跑过去——"你有什么怕的，不要怕，真的。坐下，等我脱下了我的东西我们一同到间壁屋子吃茶舒服去。为什么你怕？"她就轻轻地把那瘦小的人儿半推似的按进了她的深深的摇床。

那女子不作声。她就痴痴地坐着，一双手挂在两边，她的口微微地开着。说实话，她那样儿够蠢的。可是蔷媚她不承认那个。她靠着她的一边，问她："你脱了你的帽子不好？你的美头发全湿了的。不戴帽子舒服得多不是？"

这回她听着一声轻极了的仿佛是"好的，太太"，那顶压扁了的帽子就下来了。

"我再来帮你脱了外套吧。"蔷媚说。

那女子站了起来。可是她一手撑着椅子，就让蔷媚给拉。这可费劲了。她自个儿简直没有动活。她站都站不稳像个小孩，蔷媚的心里不由得想，一个人要旁人帮忙他自己也得稍微，就要稍微，帮衬一点才好，否则事情就为难了。现在她拿这件外套怎么办呢？她给放在地板上，帽子也一起搁着。她正在壁炉架上拿下一支烟卷来,忽然听得那女子快声地说,音是低的可有点儿怪:"我对不住,太太,可是我要晕了。我得昏了,太太,要是我不吃一点东西。"

"了了不得,我怎么地糊涂!"蔷媚奔过去按铃了。

"茶!马上拿茶来!立刻要点儿白兰地!"

下女来了又去了,可是那女子简直地哭了。"不,我不,不要白兰地。我从来不喝白兰地,我要的就是一杯茶,太太。"她眼泪都来了。

这阵子是又可怕又有趣的。蔷媚跑在她椅子的一边。

"不要哭,可怜的小东西。"她说。

"别哭。"她拿她的花边手帕给她。她真的心里说不出的感动了。她把她的手臂放在那一对瘦削的鸟样的肩膀上。

这来她才心定了点儿,不怕了,什么都忘了,就知道她们俩都是女人,她咽着说:"我再不能这样儿下去,我受不了这个,我再不能受。我非得自个儿了了完事,我再也受不了了。"

"你用不着的。有我顾着你。再不要哭了。你看你碰着我还不是好事情?我们一忽儿吃茶,你有什么都对我说:我会替你想法子。我答应你。好了,不哭了。怪累的,好了!"

她果然停了,正够蔷媚站起身,茶点就来了。她移过一个桌子来放在她们中间。她这样那样什么都让给那可怜的小人儿吃,所有的夹肉饼,所有的牛油面包,她那茶杯一空就给她倒上,加奶酪,加糖。人家总说糖是滋补的。她自己没有吃;

她抽她的烟，又故意眼往一边看，不叫她对面人觉着羞。

真的是，那一顿小点心的效力够奇怪的。茶桌子一挪开，一个新人儿，一个小个儿怯弱的身材，一头发揉着的，黑黑口唇，深的有光的眼，靠在那大椅子里，一种倦慵慵的神情，对壁炉里的火光望着。蔷媚又点上一支烟，这该是时候谈天了。

"你最后一餐饭是什么时候吃的？"她软软地问。

但正这时候门上的手把转动了。

"蔷媚，我可以进来吗？"是菲立伯。

"当然。"

他进来了。"喔，对不住。"他说，他停住了直望。

"你来吧，不碍，"蔷媚笑着说，"这是我的我的朋友，密斯——。"

"司密司，太太，"倦慵慵的那个说，她这忽儿倒是异常地镇定，也不怕。

"司密司，"蔷媚说，"我们正要谈点儿天哪。"

"喔，是的。""很好，"说着他的眼瞟着了地板上的外套和帽子。他走过来，背着火站着。"这下半天天时太坏了。"他留神地说，眼睛依然冲着倦慵慵的那个看，看她的手，她的鞋，然后再望着蔷媚。

"可不是，"蔷媚欣欣地说，"下流的天气。"

菲立伯笑了，他那媚人的笑。"我方才进来是要，"他说，"你跟我到书房里去一去。你可以吗？密斯司密司许我们不？"

那一对大眼睛挺了起来瞅着他，可是蔷媚替她答了话。"当然她许的。"他们俩一起出房去了。

"我说，"菲立伯到了书房里说，"讲给我听。她是谁？这算什么意思？"

蔷媚，嘻嘻地笑着，身体靠在门上说："她是我在寇崇街上捡了来的，真的是。她是一个真正的'捡来货'。她问我要一杯的茶钱，我就带了她回家。"

"可是你想拿她怎么办呢？"

"待她好，"蔷媚快快地说，"待她稀奇的好，顾着她。我也不知道怎么了，我们还没有谈哪。可是指点她——看待她——使她觉着——"

"我的乖乖孩子，"菲立伯说，"你够发疯了，你知道。哪儿有这样办法的。"

"我知道你一定这么说，"蔷媚回驳他，"为什么不？我要这么着。那还不够理由？再说，在书上不是常念到这类事情。我决意——"

"可是，"菲立伯慢吞吞地说，割去一支雪茄的头，"她长得这十二分好看。"

"好看？"蔷媚没有防备他这一来，她脸都红了。"你说她好看？我——我没有想着。"

"真是的！"菲立伯划了一根火柴。"是简直的可爱。再看看去，我的孩子。方才我进你屋的时候，我简直看迷糊了。但是……我想你事情做错了。对不起，乖乖，如其我太粗鲁了或是什么。可是你得按时候让我知道密斯司密司跟不跟我们一起吃晚饭，我吃前还要看看衣饰杂志哪。"

"你这怪东西！"蔷媚说，她走进了书房，又不回她自己房里去，她走进他的书写间去，在他的书台边坐下了。好看！简直的可爱！看迷糊了！她的心像一个大皮球似的跳着，好看！可爱！她手拉着她那本支票薄。可是不对，支票用不着的，当然。她打开一个抽屉，拿出了五张镑票看了看，放回去两张，把那三张挤在手掌心里，她走回她卧房去了。

半小时以后菲立伯还在书房里，蔷媚进来了。

"我就来告诉你，"她说，她又靠在门上，望着他，又是她那扁眯着，眼带"洋味儿"的看法，"密斯司密司今晚不跟我们吃饭了。"

菲立伯放下了手里的报。"喔，为什么了？她另有约会？"

蔷媚过来坐在他的腿上。"她一定要走，"她说，"所以我送了那可怜人儿一点儿钱。她要去我也不能勉强她不是？"她软软地又加上一句。

蔷媚方才收拾了她的头发，微微地添深了一点她的眼圈，也戴上了她的珠子。她伸起一双手来，摸着菲立伯的脸。

"你喜欢我不？"她说，她那声音，甜甜的，也有点儿发粗。

"我喜欢你极了，"他说，紧紧地抱住她，"亲我。"

隔了一阵子。

蔷媚迷离地说:"我见一只有趣的小盒儿,要二十八个几尼哪。你许我买不?"

菲立伯在膝盖上颠着她,"许你,你这会花钱的小东西。"他说。

可是那并不是蔷媚要说的话。

"菲立伯,"那低声地说,她拿他的头紧抵着她的胸膛,"我好看不?"

夜深时

（浮及尼亚坐在壁炉前，她的出门用件，丢在一张椅上：她的靴在炉围里微微地蒸着汽。）

浮及尼亚（放下信）：我不喜欢这封信——一点也不。我想不到难道他是存心来呕我的气——还是他生性就是这样的。（念信）"多谢你送我袜子，碰巧新近有人送了我五双，我所以拿你送我的转做人情，送了我的一个同事，我想你不至于见怪吧。"不，这不能是我的猜想。他准是存着心来的；这真叫人太难受了。

嗳，我真不应该写那封信给他叫他自个儿保重，有法子拿得回来才好呢。我又是在礼拜晚上写的，那更糟极了，我从不该在礼拜晚上写信的，曾就自己拿不了主意，我就不懂为什么礼拜晚上老给我这样的怪味儿，我真想给人写信——要不然就想嗳，对了，可不是；真叫我难受，又心酸，又心软，怪，可不是！

我还是重新上教堂去吧；一个人坐在火跟前愣着可不合适，而且教堂里有的是唱诗，那时候就便拿不了主意，也没有危险了，（她低声唱着）"And then for those our Dearest & our

Best"——（但是她的眼看着信上的下面一句）"真多谢你还是自己给我打的"那真是！真是太难了！男人真"臭美"[1]得讨厌！他简直以为我还自己给他打袜子哪！哼！我连认都不大认识他；才给他说了几回话，谁还给他打袜子，那才倒霉！他简直以为我就那样拿自己丢给他呢。要是替一个生人结袜子那还不如拿自己去凑给人家。随便给他买一双那就又是一回事了，不，我再不写信给他了，那是一定的了，再说又有什么用呢，回头我竟许认真有了意思，他还是连正眼亦瞧不着我，男人多是这样的。

我就不懂为什么过了些时候，人家就像是嫌我似的。怪，可不是，起初他们喜欢我；以为我不平常，有见解，可是等到我稍微地示意我有点喜欢他们，他们就好像怕我似的，慢慢地躲开了，将来我竟许会闹灰心的。亦许他们知道我里面积得太满了。就许因为这个把他们全吓跑了，喔！我有无限，无限的情爱给一个人——十二分地爱他！顾怜他，使一分不称心的事情全远着他。随他想要什么东西，我都可以替他去做，只要我觉得有人要我，能够帮他的忙，我就许会另变一个人的，对了，只要有人要我，有人爱我，有人完完全全地靠着我，那我的一生就有了落儿了。我很强健，又比普通的女人有钱，我想别的女人一定不会有我这样热烈的想望要表现我自己，我想

---

[1] "臭美"是一句本京话，意思是搭架子，字也许写错了。——译者注

对了，简直像是要开花似的，我是整个儿裹着，关着，在黑暗里，亦没有人留意。我猜想就为这个缘故，所以每回我见了花草有病的生物雀儿等等，我就动了很深的怜惜！无非借此发泄我里面的积蓄，这满心的爱，同时，自然咯，那些东西全是得靠傍的人——那是另外一件事，但是我总觉得男人要是爱上了你，他也就没了主意了，对了，我信男人是很没有主意的。

我不明白为什么今晚我觉着想哭，当然不能是为这封信；这满不够相干，可是我老想不开我的生活终究会不会有变化，还是老就这样下去一直到老——老是等着，等着。就是现在我已经比不得从前年轻了，脸上有了皱纹，皮肤也不跟从前似的了。我本来不算美，照平常眼光看，可是我从前的皮肤多可爱，头发多美——路不走得好，可不是今天我在一面衣镜里照见我自己——背驼驼的，衣服拖拖的……样儿顶累赘顶老腔的，哦，也不，或许不至于那样的坏；我说自己老是说过分的，现在我逢着事情总有点迷糊——许就是快上年纪的样子咧，就说风吧——现在我再不能让风吹着；我亦恨雨湿了脚，从前我再不介意这些事，倒是很喜欢的！使我觉得像是与自然合成一体似的。可我现在很烦躁，想哭，老是望有些别的事情来可以使我忘却这桩事，可不是，怪呀！怪不得女人们要去"吃酒"[1]呢。火快要灭了，烧了这封信吧，这算得了什么事！

---

[1] 外国女人吃上酒与中国人抽大烟一样的不体面。——译者注

我一点也不在意，于我有什么关系？那五个女人亦会送他袜子的！我想他一点也不是我意料的人，我好像还听见他说着"呀，太劳驾了！还要你自己给我打"。他有一种迷人的声音，亦许是他那声音引动我的，还有他的手看着多强壮，多么男人的手，嗳，得了，不要尽着发痴了吧！烧了吧！不，现在不成了，这火已经完了，我去睡觉吧，难道他真的存心来呕我的气？喔，我累极了，这一时我上床睡的时候，常拿被蒙住头——就哭，怪，可不是！

我翻译这篇矮矮的短篇，还得下注解，现在什么事都得下注解，有时注解愈下，本文愈糊涂，可是注解还得下。这是一个下注解的时代，谁都得学时髦，要不然我们哪儿来的这么多文章。

男人与女人永远是对头，永远是不讲和不停战的死冤家，没有拜天地——我应当说结婚，拜天地听得太旧，也太浪漫——以前，双方对打的子弹，就花上不少，真不少，双方的战略也用尽了，照例是你躲我追，我躲你追，但有时也有翻花样的，有的学诸葛亮用兵，以攻为守，有的学甲鱼赛跑，越慢越牢靠。这还只是一篇长序，正文没有来哪，虽则正文不定比序文有趣，坐床撒帐——我应当说交换戒指，度蜜月，我说话真是太古气——以后就是濠沟战争，那年份可长了。彼此就是望得见的,抓可还是抓不到,你干着急也没有用,谁都盼望总攻击时的那一阵的浓味儿,出了性拼命时有神仙似的快乐,但谁都摸不准总司令先生的脾胃,大家等着那一天,那一天可偏是慢吞吞地不到。

宕着,悬着,挂着,永不生根,什么事都是像我们的地球一样,滚是滚着,可没有进步,男的与女的:好像是最亲密不过,最亲热不过,最亲昵不过的是两口子不是?可是事情没有这样简单;他们中间隔着的道儿正长着呢!你是站在纽约五十八层的高楼上望着,她在吴淞炮台湾那里瞭着;你们的镜头永远对不准。

不准才有意思,才有意思。愈看不准,你愈要想对,愈幌着镜子对,愈没有准儿,可是这里面就是生活,悲剧,趣剧,哈哈,眼泪,文学,艺术,人生观,大学教授,京报副刊,全是一个网里捞出来的鱼。

我说的话,你摸不清理路不是?原要你摸不清,谁要你摸得清?你摸得清,就没有我的落儿!

附:

评《夜深时》

十九世纪出了一个圣人,他现在还活着。圣人!

谁是圣人，什么圣人？不忙，我记得口袋里有的是定义，让我看看。"圣人就是他"——这外国句法不成，你须得轮头来。谁要能说一句话或一篇话，只要他那里有一部分人想得到可是说不上的道德，他就是圣人。"我未见好德如好色者也"，那是孔二爷。这话说得顶平常，顶不出奇，谁都懂得；谁都点头儿说对。好比你说猫鼻子没有狗鼻子长，顶对，这就是圣。圣人的话永远平常的，一出世他也许是一个吴稚晖，或是谁，那也不坏，可就不是圣人。

可是我说的现代的圣人又是谁？他有两个名子：在外国叫勃那萧，在中国叫萧伯纳。他为什么是圣人？他写了一本戏，谁都知道的叫作《人与超人》一篇顶长，顶繁，顶啰唆的戏，前面还装着一篇一样长，繁，啰唆的长序。但是他说的就是一句话，证明的就是一句话；这话就是——凡是男与女发生关系时，女的永远是追的那个，男的永远是躲的那个，这话可没有我孔二爷的老实，不错，分别是有，东洋孔二爷是戴平天冠，捧着白玉圭，头顶朝着天，脚跟踏着地，眼睛看着鼻子，鼻子顾着胡子，大胡子挂在心坎上，条缕分明的轻易不得吹糊。他们的萧伯纳是满脸长着细白毛，像是龙井茶的毛尖，他自己说是叫虫子啃过的草地，他的站法顶别致，他的不是A字式的站法，他的是Y字式的站法，他不叫他的腿站在地上，那太平常不出奇，他叫他的脑袋支着地，有时一双手都不去帮忙，两条腿直挺挺地开着顶对天花板，为是难为了他的颈根酸了一点，他这三四十年来就是玩着这把戏——一块朝天马蹄铁的思想家，一个"拿大顶"的圣人。这分别你就看出来了不是？用腿的站得住（那也不容易有人到几十岁还闪跤呢），用头的也站住了，也许萧先生比孔先生觉得累一点，可是他的好看多了；这一来他们的说话的道儿就不同，一是顺着来的，一是反着来的，反正他们一样说得回老家就是——真理是他们的老家。

孔二爷理想中的社会是拿几条粗得怕人的大绳子拴得稳稳的社会，尤其是男与女的中间放着一座掀不动钻不透的"大防"。孔二爷看事情真不含糊，黄就是黄，青就是青，男就是男，女就是女，干脆，男女是危险的。你简直的要想法子，要不然就出乱子。你得防着他们，真的你得防着他们，把野兽装进了铁笼子，随他多凶猛也得屈服。别的不必说，就是公公媳妇大伯弟妇都得要防防，哥哥妹妹弟弟姊姊都得要防防，六岁以上就不准同桌子吃饭，夫妇也不准过分地亲近；老爷进了房太太来了一个客人，家里来了外人，太太爱张张也得躲到屏风背后去。这来不但女子没法子找男子,就是男子也不得机会去找女子了。结果防范愈严,危险愈大,所以每回一闹乱子我们就益发地佩服孔二爷的见解高明。不错,这野兽其实也太不讲礼,太猖獗,只有用粗索子去拴住它,拿铁笼子去关住它,我从不反过头来想想——假如把所有的绳子全放宽,把一切的笼子全打开了,看这一大群的野畜生又打什么主意。

萧伯纳的回答说不碍,随你放得怎样宽,人类总是不会灭的;废弃了一切人为的法律;逃避了一切人群的势力,我们还是躲不了生命的势力(Life force)。男人着忙去找女人,或是女人着忙去带着一个男人:这就是潜在的生命的势力活动的证据。男人的事务是去寻饭吃,女人的事务是生殖;男人的作用是经济的,女人的作用是生物的。女人天生有极强极牢固的母性;她为要完成她的天职,她就(也许不觉得的)想望生活的固定,顶要紧是有一个家。但是男人却往往怕难,自己寻食吃已经够难,替一家寻食吃当然更是麻烦;他有时还存心躲懒;实际上他怕的是一个永久固定的家。还有一个理由为什么女人比男人更着急,那是因为女性美是不久长的,她的引诱力是暂时而且有限的,所以她得赶紧;一个女儿过了三十岁还不出嫁父母就急,连亲戚都替担忧。其实她自己又何尝不急，只是在老社会情况底下她没有机会表示意志就是。她急的缘故也不完全是为要得男人的爱，她着急是为要完成她的职务，为要满足她的母性。所以萧伯纳是不错的，他说在一个选择自由的社会里男女间有关系发生时，女的往往是追的那个，男的倒反是躲的那个。王尔德说男子总不愿意结婚除非他是厌倦了，女子结婚为的是好奇。这话至少一半是对的；平常一个有志气爱自由的男子哪肯轻易去冒终身企业的危险？去担负养活一个家的仔肩？反面说女人倒是常常在心里打算的（她们很少肯认账，竟许也有自己不感觉到的，但实际却有这种情形），打算她身世的寄托，打算她将来的家，打算亲手替她亲生子打小鞋做小袜子。并不是女子的羞耻，这正是她的荣耀。这是她对人道的义务。要是有一天理性的发展竟然消灭了这点子本性，人类种族的生产与生存也就成了问题了。我们不盼望有那一天，虽则我们看了"理性的"或是"智理的"的女人一天一天增加数目，有远虑的就多少不免担忧。

曼殊斐尔是个心理的写实派，她不仅写实，她简直是写真。你要是肯下相当的工夫去读懂她的作品，你才相信她是天才无可疑的；她至少是二十世纪最重要的作者的一个，她的字一个个都是活的，一个个都是有意义的，在她最精粹的作品里我们简直不能增也不能减更不能更动她一个字；随你怎样奥妙的细微的曲折的，有时刻薄的心理她都有恰好的法子来表现；她手里擒住的不是一个个的字，是人的心灵变化的真实，一点也不错了。法国一个画家叫台迦（Degas）能捉住电光下舞女银色的衣裳急旋时的色彩与情调；曼殊斐尔，也能分析出电光似急射飞跳的神经作用；她的艺术（仿佛是高尔斯华绥说的），是在时间与空间的缝道里下工夫，她的方法不是用镜子反映，不用笔白描，更不是从容幻想，她分明是伸出两个不容情的指头，到人的脑筋里去生生地捉住成形不露面的思想的影子，逼住他们现原形！短篇小说到了她的手里，像柴霍甫（她唯一的老师）的手里，才是纯粹的美术（不只是艺术）；她斫成的玉是不仅没有疤癜，不沾土灰，她的都是成品的，最高的艺术是形式与本质（Form and Substance）化成一体再也分不开的妙制；我们看曼殊斐尔的小说就分不清哪里是式，哪里是质，我们所得的只是一个印象，一个真的，美的印象，仿佛是在冷静的溪水里看横斜的梅花的影子，清切，神妙，美。

这篇《夜深时》并不是她最高的作品，但我们多少可以领略她特别的意味，她写一段心理是很普通的很不出奇的；一个快上年纪的独身女子着急找一个男人；她看上了一个，她写信给他，送袜子给他；碰一个冷钉子；这回晚上独自坐在火炉前冥想，羞，恨，怨，自怜，急，自慰，悸，自伤，想丢，丢不下；想抛，抛不了；结果爬上床去蒙紧被窝淌眼泪哭，她是谁，我们不必问，我们只知道她是一个近人情的女子；她在白天做什么事，明天早起说什么话，我们全不必管，我们有特权窃听的就是她今夜上单个儿坐在渐灭的炉火前的一番心境，一段自诉，她并不说出口，但我们仿佛亲耳听着她说话，一个字也不含糊。也许有人说损，这一挖苦女人太厉害了，但我们应得问的是她写的真不真，只要真就满足了艺术的条件，损不损是另外一件事。

乘便我们在这篇里也可以看出萧伯纳的"女追男躲"的一个解释。这当然也可以当作佛洛依德（弗洛伊德）的心理学的注解者，但我觉得陪衬"萧"更有趣些，所以南天北海地胡扯了这一长篇，告罪告罪！

幸　福

杨培达年纪虽则有三十岁，可是她有时还老想跳着走路，在走道上一上一下地跳舞，赶铁圈子，把手里东西往半空掷上去落下来再用手接，或是站定了不动憨笑着看——没有什么——干脆什么也没有。

你有什么法想，如其你到了三十岁年纪，每回转过你家的那条街的时候，忽然间一阵子的快活——绝对的快活！——淹住了你——仿佛你忽然间吞下了一大块亮亮的那天下午的太阳光，在你的胸口里直烧，发出一阵骤雨似的小火星，塞住你浑身的毛窍，塞住你一个个手指，一个个脚趾？

啊，难道除了这"醉醺醺乱糟糟的"再没有法子表现那点子味儿？多笨这文明，为什么给你这身体，如其你非得把它当一张贵重，贵重的琴似的包起来收好？

"不，我的意思不是拿琴来比。"她想，跑上了家门前的阶石伸手到提包里去摸门上的钥匙——她忘了带，照例的——打着门上的信箱叫门。"我意思不是这样，因为——多谢你，曼丽"——她进了客厅。"奶妈回来了没有?"

"回来了,太太。"

"水果送来了没有?"

"送来了,太太。东西全来了。"

"请你把水果拿饭间里来,我来收拾了再上楼。"饭间里已经发黑,也觉着凉。但是培达还是一样把外套脱了;她厌烦这裹得紧紧的,一股凉气落在她的胳膊上。

但是在她的胸口那亮亮发光的一块还在着——那一阵骤雨似的小火星。简直有点儿受不住。她气都不敢喘,怕一扇动那火更得旺,可是她还是喘着气,深深地,深深地。她简直不敢对着那冰凉的镜子里照——可是她还是照,镜子里给回她一个女人,神采飞扬的,有带笑容的微震着的口唇,有大大的黑黑的眼珠,她那神气像是听着什么,等着什么——大喜事快到似的——那她知道一定会来——靠得住的。

曼丽把水果装上一个盘子拿了进来,另外带着一只玻璃缸,一只蓝磁盆子,可爱极了的,上面有一层异样的光彩像是在奶酪里洗过澡似的。

"我把灯开上好不好,太太?"

"不,多谢你。我看得很清楚。"

水果是小宽皮橘大苹果夹着红色的杨梅。几只黄色的梨,绸子似的光滑,几穗白葡萄发银光的,还有一大纠紫葡萄。这紫的她买了来专为给饭间里地毯配色的。是呀,这话听着快有点可笑,可是她买来的意思是那样。她在铺子里就想了:"我得要点儿紫的去把地毯挪上桌子来。"她当时也还顶得意的。

她一收拾好,把这些圆圆的亮亮的个儿堆成两个宝塔,她就离着桌子站远一点看看,神气——那神气真有味儿。因为这来那暗色的桌子就像化成暗色的天光,那玻璃盘跟蓝碟子就像是在半空里流着。这,冲她这时候的高兴看来,当然是说不出的美……她发笑了。

"不,不成。我又不是疯了。"她就抓了她的提包她的外套,一直跑上楼到奶妈房里去。

小囡囡洗过了澡,奶妈坐在一张矮桌子一边喂她吃晚饭。团团身上穿着白法兰绒的长衣蓝毛绒的外褂,她的好看的黑头发梳成了一个可笑的小山峰。她见妈进来就仰着头看,耸着身子跳。

"看着,我的乖囡,乖孩子吃完了这点儿。"奶妈说,她那嘴唇撇的样儿培达明白,意思说你来看孩子又不是时候。

"她好不好,奶妈?"

"她这下半天是好极了的,"奶妈低声说,"我们同到公园里去,我坐在一张椅子上,把她从推车里拿出来,一只大狗走过来把它的头放在我的腿上,她一把抓住了它的耳朵,使劲地拉。喔,你没见着她那样子。"

培达想要问让孩子拉着一只不熟的狗耳朵有没有危险。但是她没有敢。她站着看她们,她的手两边挂着,像是一个怪可怜的穷孩子站在一个手抱着洋娃娃的阔孩子跟前发愣似的。

囡囡又抬起头来看她,瞅着她,笑得那美劲儿培达不由地叫了出来:

"喔,奶妈,你就让我喂着她,你也好去收拾洗澡东西。"

"哦,太太,她吃的时候,实在是不换手的好,"奶妈说,还是低声的,"一换手,她就乱;她心慌都会的。"

这多可笑。要孩子干么了,要是她老是得让——不是像一张贵重,贵重的琴似的收在盒子里——另外一个女人抱着?

"喔,我一定得喂。"她说。

气极了的,奶妈把孩子递了给她。

"好了,喂完了饭你可再不能逗她。你知道你老逗她,太太。你一逗她晚上苦着我!"

喔,皇天!奶妈拿了洗澡布出屋子去了。

"啊,这回儿我逮住了你了,我的小宝贝。"培达说,囡囡靠在她的身上。

她吃得顶高兴,掬着她的小嘴等调羹,再来,就甩着小手。有时她含住了不让调羹回去;有时候,培达刚给兜满了送过去,她那小手这一推就给泼了。

汤吃过了,培达转过去对着壁炉。

"孩子乖——真好孩子!"她说,亲着她的热火火的囡囡。"我喜欢你,我疼你。"

小培培她真的爱——她脑袋往前冲露着小颈根,她那精致极了的小脚趾在火光里透明似的发亮——这来她那一阵快活又回来了,她又不知道怎么才好——不知道拿它怎么办。

"太太,您有电话。"奶妈说,得胜似的回进房来把她的小培培抢了去。

她飞了下去。哈雷的电话。

"喔,是你,培?听着。我得迟点儿来。回头我要个车来尽快赶到,可是你开饭得迟十分钟——成不成?算数?"

"好,就这样。喔,哈雷!"

"怎么了?"

她有什么说的?她什么也没得说的。她就想跟他纠着一回儿。她总不能凭空叫着:"这天过得多美呀!"

"怎么回事了?"话筒子里小声音在跳响。"没有事。好了!"培达说,挂上了听筒,心想这文明比蠢还蠢。

他们约了人来吃饭。那家的——一对好夫妻——他正在经营一个剧场,她专研究布置家庭,一个年轻人,安迪华伦,他新近印了一小册的诗,谁都邀他吃饭,还有一个叫珠儿傅敦的是培达的一个"捡着的"。密斯傅敦做什么事的,培达不知道。她们在俱乐部里会着,培达一见就爱上了她,那是她的老脾气,每回碰着漂亮女人带点儿神秘性的她就着迷。

顶招人的一点是虽则她们常常在一起,也曾真真地谈过天,培达还是懂不得她。到某一点为止密斯傅敦是异常的,可爱得直爽,但是那某一点总是在那儿,她到那儿就不过去了。

再过去有什么没有呢？哈雷说"没有"。评她无味，"那冷冰冰的劲儿，凡是好看的女人总是那样，也许她有点儿贫血，神经不灵的"。但是培达不跟他同意；至少现在还不能同意。

"不，她坐着那样儿，头侧在一边，微微地笑，就看出她背后有事情，哈雷，我一定得知道她究竟有什么回事。"

"也许是她的胃强。"哈雷回答说。

他就存心说这样话来浇培达的冷水……"肝发冻了，我的乖孩子"，或是"胃气涨"，或是"腰子病"，一类语。说也怪，培达就爱这冷劲儿，她就佩服他这一下。

她跑客厅里去生上了火；再把曼丽放得好好的椅垫榻垫一个一个全给捡在手里，再往回掷了上去。这来味儿就不同；这间屋子就活了似的。她正要掷回顶末了的一个，她忽然情不自禁地抱住了它往胸前紧紧地挤一挤。但这也没有扑灭她心头的火。哦，更旺了！

客厅外面是走廊，窗子开出去正见花园。那边靠墙的一头，有一株高高的瘦瘦的白梨树，正满满地艳艳地开着花；它那意态看得又爽气又镇静的，冲着头顶碧匀匀的天。这在培达看来简直满是开得饱饱的花，一个骨朵儿一朵烂的都没有。地下花坛里的玉簪，红的紫的，也满开着，像是靠着黄昏似的。一只灰色的猫，肚子贴着地，爬过草地去，又一只黑的，它的影子，在后面跟。培达看了打了一个寒噤。

"猫这东西偷爬爬得多难看！"她低哆说着，从窗口转过身来,在屋子里来回地走着。

那寿菊在暖屋子里味儿多强。太强?喔,不。但她还像是叫花味儿薰了似的,把身子往榻上一倒,一双手紧扪着眼。

"我是太快活了——太快活了!"她低声说。

她仿佛在她的眼帘上看出那棵满开着花美丽的白梨树象征她自己的生活。

真的——真的——她什么都有了。她年纪是轻的。哈雷跟她还是同原先一样的热,俩人什么都合适,真是一对好伙计。她有了一个怪可疼的孩子。他们也不愁没有钱。这屋子,这园又多对劲,再好也没有了。还有朋友——新派的,漂亮的朋友,著作家诗人画家,或是热心社会问题的——正是他们要的一类朋友。此外还有书看,有音乐听,还找着了一个真不错的小成衣,还有到了夏天他们就到外国旅行去,还有他们的新厨子做的炒鸡子真好吃……

"我是痴子。痴了!"她坐了起来;可是她觉着头眩,醉了似的。一定是春困的缘故。

是呀,这是春天了。她这忽儿倦得连上楼去换衣服都没了劲儿了。

一身白的,一串珠子,绿的鞋,绿的袜子。这也不是有心配的。她早几个钟头就想着这配色了。

她的衣瓣悚悚地响进了客厅,上去亲了亲那太太,她正在脱下她那怪好玩的橘色的外套,沿边和前身全是黑色的猴子。

"……唉！唉！为什么这中等阶级总是这颠顸——一点点子幽默都没有！真是的，总算是运气好，我到了这儿了——亏得脑门有他保驾。因为满车子人全叫我的乖猴子们给弄糊涂了，有一个男人眼珠子都冒了出来，像要吞了我似的。也不笑——也不觉着好玩——我倒不介意他们笑，他们偏不。不，就这呆望着，望得我厌烦死了。"

"可是顶好笑的地方是，"脑门说，拿一个大个儿的玳瑁壳镶边的单眼镜安进了他的眼，"我讲这你不嫌不是，费斯？"（在他们家或是当着朋友他们彼此叫费斯与麦格）顶好笑的地方是后来她烦急了转过身去对她旁边的一个女人说："你以前就没有见过猴子吗？"

"喔，可不是"！那太太加入笑了，"那真是笑得死人不是？"

还有更可笑的是现在她脱了外套，她那样子真像是一个顶聪明的猴子——里面那身黄绸子衣服是拿刮光了的香蕉皮给做的。还有她那对琥珀的耳环子，活脱脱的像是两个小杏仁儿。

门铃响了。来的是瘦身材苍白脸的安迪华伦，神情异常地凄惨（他总是那样子的）。

"这屋子是的，是不是？"他问。

"喔，可不是——还不是。"培达高兴地说。

"我方才对付那汽车夫真窘急了我；再没有那样恶形的车夫。我简直没有法儿叫他停。我愈急愈打着叫他，他愈不理愈往前冲。再兼之在这月光下,他那怪样子扁脑袋蹲在那小轮盘上……"

他打了一个寒噤,拿下了一个多大的白丝围巾。培达见着他袜子也是白的——美极了。

"那真是要命。"她叫着。

"是呀,真是的,"安迪说,跟她进了客室,"我想象我坐着一辆无时间性的汽车,在无空间性的道上赶着。"

他认识脑门夫妇。他正打算想写一本戏给他们未来的新剧场用。

"唉,华伦,那戏怎么了?"脑门那德说,摘下了他的单眼镜,给他那一只眼一忽儿张大的机会,上了片子就放小了。

脑门太太说:"喔,华伦先生,这袜子够多写意?""你喜欢我真高兴,"他说,直瞅着他的脚,"这袜子自从月亮升起以后看白得多。"他转过他的瘦削的忧愁的年轻的脸去对着培达,"是有月亮,你知道。"

她想叫着:"可不是有——常有——常有!"

他真的是顶叫人喜欢的一个人。可是费斯也何尝不然,钻在她香蕉皮里蹲在炉火面前,麦格也有趣,他抽着烟卷,敲着烟灰说话:"新官人为什么这慢吞吞的?"

"啊,这是他来了。"

嘭的前门开了又关上。哈雷喊着:"喂,你们全来了。五分钟就下来。"他们听他涌上了楼梯去。培达不由地笑了,她知道他做事就爱这逼得紧紧的。说来这提另的五分钟有什么关系？他可得自以为是十二分的重要。他还得拿定主意走进客厅来的时候神气偏来得冷静，镇定。

哈雷做人就这有兴味。她最喜欢他这一点。还有他奋斗的精神——他就爱找反抗他的事情作为试验他的胆力的机会——那一点，她也领会。就是在有时候在不熟识他的人看来似乎有点可笑……因为有时他揎起了手臂像打架，实际上可并没有架打……她一头笑一头讲，直到他进屋子来。她简直的忘了珠儿傅敦还没有到。

"怕是傅敦小姐忘了吧！"

"许会的，"哈雷说。"她有电话没有？"

"啊！来了一个车。"培达微微地笑着，她那带着点子"物主人"得意的神气的笑，当着她的"捡着的"女朋友还没有使旧，还带神秘性的时候。"她是在汽车里过日子的。"

"那她就会发胖，"哈雷冷冷地说，拉铃叫开饭，"漂亮女人顶可怕的危险。"

"哈雷——不许。"培达警告着，对他笑着。

他们又等着一小忽儿，说着笑着，就这一点点子过于舒服，过于随便的样子。傅敦小姐进来了，一身银色衣服，头上用银丝线笼住她的浅色的美头发，笑吟吟的，头微微地侧在一边。

"我迟了罢？"

"不，刚好，"培达说，"大家来。"她挽了她的手臂，他们一起走进饭间里去。

碰着她那冷胳膊的时候，培达觉着点子也不知什么它能煽旺——煽旺——放光——放光——那快活的火她不知道怎么办才好？

傅敦小姐没有对她看；可是她很难得正眼对人看的。她的厚厚的眼睑裹住她的眼，她的异样的半笑不笑的笑在她的口唇上来了又去，正如她平常就用耳听不用眼看似的。但是培达知道，不期然的，就同她们俩曾经相互长长地款款地注视——就同她们俩已经对彼此说过："啊，你也是的？"——她知道珠儿傅敦在搅动淡灰色盘子里美美的红色汤的时候也正觉着她所觉着的。

还有别人呢？费斯与麦格，安迪与哈雷，他们的调羹一起一落的——拿手布擦着嘴，手捏着面包，捻着叉子擎着杯，一路说着话。

"我在一个赛会地方见着她的——怪极了的一个人。她不但铰了她的头发，看神气倒像她连她的腿她的胳膊她的脖子她的怪可怜儿的小鼻子都给剪子抹平了似的。"

"她不是跟密仡耳屋德顶密切的不是？"

"就是写《假牙中的恋爱》那个人？"

"他要写个戏给我。一幕，一个男人，决意自杀。列数他该死与不该死的缘由。正当他快要决定他还是干还是不干——

幕下。意思也顶不坏。"

"他想给那戏题什么名子，叫《肚子痛》？"

"我想我在一个法国小戏里看到过同样的意思——在英国有很多人不知道。"

不，在他们间没有那一点子。他们都是有趣的——趣人——她乐意邀他们来，一起吃饭，给他们好饭好酒吃喝。她真的想撑开了对他们说她怎样爱他们的风趣，这群人聚在一起多有意味，色彩各各不同的，怎样使她想起契诃甫的一个戏！

哈雷正受用着他的饭。这就是他的——是的，不定是他的本性，不完全是，可绝不是他的装相——他的——就是这么回事——爱这讲吃食，顶得意他那"爱吃龙虾的白肉的不知耻的馋欲"，还有"榧子冰冻上面那一层绿——又绿又冷的像是土耳其跳舞女人们的眼皮。"

当着他仰起头向着她说："培达，这奶冻真不坏！"她快活得孩子似的连眼泪都出来了。

喔，为什么她今晚对着这世界来得这样的心软？什么东西都是好的——都是对的。碰着的事情都仿佛是可把她那快活的杯子给盛满了。

可还是的，在她的脑后头，总是那棵梨花树。这忽儿该是银色了，在可怜的安迪哥儿的月光下，银得像傅敦小姐似的银，她坐在那儿翘着她那瘦长的手指儿玩着一只小橘子，多光多白的手指看得漏光似的。

她简直地想不透的一点——那简直是神妙——是怎么的她就会猜中珠儿傅敦的心，猜得这准这飞快。因为她从不疑问她猜得对，可是她有什么凭据呢，比没有还没有。

"我想这在女人间是很——很少有的。男人更不用提了，"培达心里想，"可是回头我到客厅去倒咖啡的时候也许她会'给我一点消息'。"

这话怎么讲她也不知道，以后便怎么样她也不能想象。

她一头想着，一面见她自己笑着说着话。她因为要笑所以得讲话。

"我不打哈哈，怎么着。"

但是当她注意到费斯老是拿什么东西往她的紧身里塞似的那怪脾气——倒像是她那儿也有一个藏干果的小皮袋——培达急得把手指甲在她的手背上直掐，单怕撑不住笑太过分了。

好容易饭席散了。"来看我的新咖啡炉子。"培达说。

"我们也就每两星期换一架新的。"哈雷说。这回费斯挽了她的臂膀；傅敦小姐低下了头，在后面跟着。

客厅里的火已经翳成了一个红的跳光的"小凤凰的窠"，费斯说。

"等回儿再开灯，就这光可爱。"她又在炉火前蹲了下去。"她总是冷的……当然是为没有穿她那件小红法兰绒衫子。"培达想。

正那时候傅敦小姐"给消息"了。

"你们有园吗?"那冷冷的带睡意的声音说。

这来太美了,培达只能顺着她的意思。她走过一边去,拉开了窗幔,打开了长窗。

"这不是。"她喘着气。

这来她们俩站在一起看着那棵瘦小的满花的树。园里虽是静定,那树看得,像一支蜡的焰头,在透亮的空气里直往上挺,走着上去,跳动着,愈长愈高了似的冲她们这瞅着——差点儿碰着那圆的银色的月的圆边儿了。

她们俩在那儿站了有多久,就比是在那天光的圈子里待着,彼此间完全相知,同是另一个世界的人,正不知怎么才好,两人心口里全叫这幸福的宝贝给烧得亮亮的,朵朵的银花从她们的发上手上直往下掉?

永远这——在一刹那间?傅敦小姐她不是低声在说:"是的。就是那个?"还是培达的梦想?

灯光烯上了,费斯调着咖啡,哈雷说:"我的好那德太太,我们孩子的事情不用问我。我从来不见她的。要我对她发生兴趣,总得等她有了爱人以后吧。"麦格把他的单眼解放了一忽儿又把那玻璃片给盖上了,安迪华伦喝了他的咖啡放下杯子去,脸上满罩着忧伤像是喝醉了酒看见了蜘蛛似的。

"我的意思是要给年轻人们一个机会。我相信伦敦市上多的是真头等没写起的剧本。我要对他们说的话是:'戏场现成在这儿。干你们的'。"

"亲爱的,你知道我要去替耐登家给布置一间屋子。喔,我多么想来一个'煎鱼'主意试试,拿椅子的后背全给做成煎盘形,幔子上满给来上一条条的灼白薯的绣花。"

"现在我们的年轻的写东西人的一个毛病是他们还嫌太浪漫。你要到大洋里去你就得抵拼晕船要吐盆。那也成,为什么他们就没有吐盆的勇气?"

"那首骇人的诗讲一个女孩子叫一个没有鼻子的讨饭在一个小——小林子里毁了……"

傅敦小姐在一张最矮最深的椅子上沉了下去,哈雷递烟卷儿转过来。

看他那站在她面前手摇着银盒子快声地说"埃及?土耳其?浮及尼亚?全混着"的神气,培达就明白她不仅招她烦;他简直地不喜欢她,她又从傅敦小姐的回话:"不,多谢,我不吸烟。"认定她也觉着了并且心里难受。

"喔,哈雷,不要厌烦她。你对她满不公平。她是太——太有意思了。再说她是我喜欢的人,你先就不能这冷劲儿地对她。回头我们上了床等我来告诉你今晚的情形。她跟我彼此灵通的那一点子。"

就冲这末了的几句话,突然间有一点子古怪的,吓得人的什么直透过培达的脑筋。这点子瞎眼的带笑容的什么低低地对她说:"一忽儿客就散了。一忽儿屋子就静——静静的。灯全关上了。就剩你与他两口子一起在黑屋子里——那暖烘烘的床……"

她从坐椅里跳了起来跑到琴那边去了。

"没有人弹琴多可惜呀!"她叫着。又"多可惜没有人弹"。

在她一辈子她第一次觉着她"要"她丈夫。

喔,她是爱他——当然喽,她别的哪一件事不爱着他,可是就差"这一来"。她也明白,当然,比方说吧,他同她是两样的。他们研究这问题也不止一回了。她最初发现她自己这样地冷,她也很发愁,但过了一时也就惯了,没有什么交关似的。他们彼此间什么话都撑开了说——多好的一对。那就是新派人的好处。

可是这忽儿——这火热的!火热的!单这字就叫她火热的身体发痛。难道这就是方才心里说不出的快活的结果?可是那就那就——

"亲爱的,"脑门那德太太说,"你知道我们的可怜。我们少不了做时间跟车的奴隶。我们住在西北城。今晚真可乐。"

"我陪着你到外厅去,"培达说,"我爱你们待着。可是你们不能误了末一次的车。那真是腻烦不是?"

"来一杯威士克,那德,先不要走。"哈雷在叫。

"不,谢谢了,老朋友。"

培达真感谢他没有待下来,在她的握手里表示了。

"好睡,再会了。"她从最高那石级上叫着,心里觉着这一个她跟他们从此再会了。

她回进客厅的时候别人也已经在动了。

"……那么你可以乘我的车走。"

"那太好了,省得我单身坐车再来冒险,方才来时候已经上了当。"

"路底就有车。走不到几步路。"

"那合适。我穿外套去。"

傅敦小姐向外厅走着,培达正想跟,哈雷几乎挤着走上了她跟前。

"我来帮你忙。"

培达知道他懊悔方才的傲慢了——她由他去,他多像个孩子,有地方——就这任性的——就这——简单的。

火跟前就剩了安迪跟她。

"我不知道你有没有见过毕尔克士的新诗叫作《公司菜》,"安迪软软地说,"那诗太好了。在最新出的一本诗选里。你有那本子没有?我一定得指给你看。第一行就是不可思议地美:'为什么那总得是番茄汤'?""有的。"培达说。她站起来不出声息地走到那正对客厅门那一张桌子边去,安迪也不出声息地跟着她,她捡着了那本小册子,递给了他:他们一点没有出声。

他仰起头来的当儿,她转过她的头去正对着外厅。她看见……哈雷拿着傅敦小姐的外套,傅敦小姐背着他,低着头。

他拿手里的外套一扔,把手放在她的肩膀上,强烈地转过她来向着他。他的口里说:"我爱你!"傅敦小姐拿她月光似的手指放在他的脸上,笑了笑。她那带睡态的笑。哈雷的鼻孔跳动着;他扭着他的嘴唇,怪丑相的口里低低地说:"明天。"接着傅敦小姐扬着她的眼皮说:"好。"

"在这儿了,"安迪说,"为什么那总得是番茄汤,这意思真是对,深刻极了,你觉不觉得?番茄汤!永远是那番茄汤。"

"你要的话,"哈雷的声音很响亮地在外厅说,"我可以打电话叫车到门口来。"

"喔不,用不着。"傅敦小姐说,她走上来拿她的瘦长手指给培达抓一抓。

"再会,真多谢你。"

"再会。"培达说。

傅敦小姐握着她的手较久一点。"你那棵可爱的梨花树!"她吞吐地说。她走了,后面跟着安迪,像那黑猫跟着灰猫。"我来上店板。"哈雷说,过分地冷,过分地镇定。"你那棵可爱的梨花树——梨花树——梨花树!"培达简直地跑了到那长窗子一边去。"喔,这来下文是什么呢?"她叫着。但那梨花树还是照样可爱,原先一样地满开着花,一样地静定。

088

一个理想的家庭

那天下午老倪扶先生挨出了（他公司的）旋门，步下三道的石级，踏上边道，迎着满街的春意，才知道，生平第一遭，他的确是老了。——老不禁春了，春，又暖和，又殷勤，又匆忙的春，已经来了，吹弄他的白须，温存地搂着他的臂腕，他却是对付不了，他如今老了，再不能拉整衣襟，向前迈步，青年的飒爽，他没有了，他是乏了，那时晚照虽浓，他却觉得寒噤遍体。

霎时间他没有了精力，他再没有精神来对付明畅活泼的春，春情转把他缠糊涂了。他想止步不前，想用手杖来挥散春光，想喝一声"走你们的！"霎时间他没有了精力，就是一路照例地招呼，用手杖来轻点着帽沿，招呼一路的朋友，相识，店伙，邮差，车役，他亦觉得老大不自在。他往常心里爽快时，喜笑的斜瞬总连着殷勤的手势，仿佛说"别看我老，我比你们谁都强些。"——如今他连这一比一瞬都办不了了。他跟跄地走着，把膝部提得高高的，仿佛他在走过的空气，像水般变重了变成实质了似的，那时正值散市，一路匆匆的满是归家的人，街车不住地郎当，小车不住地切察，汽车摇着巨大的躯体，滚旋地前进，那样漫不经心地冲窜，只是梦想的。

那天在公司里，一切如常，没有发生什么事，海乐尔饭后到将近四点才回。他哪里去了呢？他干什么来了？他不去让他爹知道。老倪扶先生碰巧在前廊送客，海乐尔荡着大步进来了，老是他那神气，从容，娴雅，唇边挂着他那最讨女人喜欢似笑非笑的笑。

啊！海乐尔太漂亮了，实在是太漂亮了，种种的麻烦就为的是那个。男子就不应该有那样的眼，那样的睫，那样的口唇，真的怪。他的娘，他的姊妹，家里的仆役，简直把他神而明之捧；他们崇拜海乐尔，什么事都饶恕他；他从十三岁起就不老实，那年偷了他娘的钱包，拿了钱，把空钱包藏在厨子的房里。

老倪扶先生走着，想起了他，不觉狠狠地把手杖捶着地走道的边儿。他又回想海乐尔也不单让家里人给宠坏了，不，他的坏什么人都有份，他只要对人一看一笑，人家就会跑到他的跟前，所以无怪他竟整个的公司也着他的魔，哼，哼！那可不成，做生意不是闹着玩，就是根柢打稳准发财的大公司，也不能让闹着玩，要做生意，就得一心一意去做，要不然什么好生意都会当着眼前失败；可是一面夏罗同女孩子们整天地鹨着他！要他把生意整个交给海乐尔，要他息着，享自己的福，自个儿享福！老倪扶先生越想越恼，索性在政府大楼外面那堆棕树下呆着不走了！自个儿享福！晚风正摇着黑沉沉的叶子，轻轻地在咯嘎作响。好，叫他坐在家里，对着大拇指不管事，眼看一生的事业，在海乐尔秀美的手指缝里溜跑，消散，临了整个儿完事，一面海乐尔在笑……

爹呀，你为什么不讲理？真是完全地用不着，你天天地到公司去。人家见了你反而笑话你老态，说你神气看得多倦，这不是让我们也不好意思吗？这儿有的是大房子，花园。还不会自个儿享福，单就生活换个样儿，也就有意思不是？要不然你就来一样嗜好，消遣也好。

老腊那孩子就提起嗓子唱了进来，"谁都得有点儿嗜好，要不然就过不了活。"

得，得！他忍不住恶狠狠地笑了，一面他使着狠劲，在爬那小山，过了小山就是哈各德大路。他要是有了嗜好，夏罗和老腊那群孩子，便怎么办？他倒要问问。嗜好付不了房租，付不了海边的避暑，付不了她的马，她们的高尔夫球戏，付不了她们音乐间里跳舞用六十几磅的传声机。并不是他舍不得她们花费。不，她们全是顶漂亮，顶好看的女孩子，夏罗也是位了不得的太太，活该她们那么混，真的是，全城里哪一家都比不上他们家那么交际广，体面。可不是，老倪扶先生每回在客厅桌上推着烟匣子让客，听的总是好话，称赞他的太太，称赞他的女孩子，甚至称赞他自己。

"你们是个理想的家庭,老先生,一个理想的家庭,仿佛是在书上念剧或是戏台上看的似的。"

"算了算了,我的孩子,"老倪扶先生答道,"试试这烟,看合适不合适?你要愿意到花园去抽烟,孩子们大概全在草地上玩着哪。"

所以这群女孩子全没有嫁人,人家就这么说。她们愿意嫁谁都成,可是她们在家太乐了。她们整天地在一起玩,多么乐,女孩子们外加夏罗,哼,哼!得了,得了!许是这么回事……

你已经走完了那条时髦的哈各德大路;他已经到了街角那所屋子,他们的住宅。进出车马的门推在那里;地上有新过的车轮痕迹,他面对着这所白漆的大楼,窗子满开着,花纱的窗帘向外飘着,宽阔的窗沿上摆着玉簪花的蓝瓷花盆。车道的两边满开着他们的紫阳花,全城有名的。一穗粉红的,浅蓝的花,像阳光似的和杂在纷披的叶子中间,老倪扶先生看看屋子,看看花,又看看车道上新印的轮迹,仿佛他们都在对他说此地有的是青年的生活,有的是女孩子们!

外厅里还是老样子,昏沉沉的满是围巾,洋伞,手套等类,全堆在那橡木柜架上。音乐间里有琴声,又快又响,不耐烦的琴声。客厅的门半掩着,漏出里面的人声。

"那么,有冰激凌没有呢?"夏罗的声音,接着她摇椅的轧哩轧哩。

"冰激凌!"安粟叫道,"我的亲娘,你从没有见过那样的冰激凌,就是两种,一种是平常店里的小杨梅水,沿边化的全是水。"

"那饭整个坏得太可怕了。"玛丽安接着说。

"可是,冰激凌总还太早点。"夏罗缓缓地说。

"怎么呢,要有就得好。"安粟又开口。

"对呀!宝贝。"夏罗轻着口音说。

忽然音乐间门啪地打开了,老腊冲了进来,他一见老倪扶先生站着,吓了一跳,差一点喊了出来。

"嘎呵,是爹!你吓得我!你才回家吗?怎的查利士不来帮你脱外套?"

她满脸羞得通红,两眼发光,头发落在额上,她气喘得像方从暗里跑了出来,受了惊似的,原来这就是老腊,是不是,但是她似乎把老子忘了;她等在那里可不是为他;她把持皱了的手绢角放在牙齿中间,恨恨地尽啃着。电话响了,啊啊!老腊"吱"地一声叫,当着他直冲了过去。"嘭"的一声电话间的门关紧了,同时夏罗叫道,"他爹,是你不是?"

"你又乏了。"夏罗抱怨地说着,她停止了她的摇椅,把她暖暖的熟梅似的脸凑上去让他亲吻。

头发烁亮的安粟在他的胡子上啄了一下,玛丽安的口唇刷着他的耳。

"你走回来的,他爹?"夏罗问。

"是，我走回家的。"老倪扶先生说着，在一张客厅大椅里沉了下去。

"可是你为什么不坐个车？"安粟问，"那时候有的是车，要几百都有。"

"我的乖乖安粟，"玛丽安叫道，"要是爹真愿意累坏他自个儿，我看我们也没有法子去干涉。"

"孩子们，孩子们。"夏罗甜着口音劝着。

玛丽安可不肯停嘴。"不，娘，你宠坏了爹，那不对的。你得对他认真点儿，他是顶顽皮。"她笑着，她又硬又响地笑，对着镜子掠她的头发。真怪！她小的时候，嗓子顶软，话也说不出口似的，她有时简直是口吃，可是现在，不论说什么就是在饭桌上的"爹，劳驾梅酱"；她总是唱着高调，仿佛在台上唱戏似的。

"你来的时候海乐尔离了公司没有，我爱？"

夏罗问道，又把坐椅摇了起来。

"我不很清楚。"老倪扶先生说。

"我说不上四点钟以后我就没有见他。"

"他说……"夏罗正要说下去，安粟在报纸里乱翻了一阵，忽然跑过来，蹲在她娘椅子的旁边叫道："这儿，你看，我说的就是那个。妈，黄的，有点银子的，你不爱吗？"

"给我吧！宝贝。"夏罗说，她摸着了她的玳瑁眼镜，带上了，把她丰腴的小手指，轻抚着那页纸，把她的口唇荷包似的卷了起来。"哦，真可爱！"她含糊小语着；她从眼镜边儿上面望出来，看看安粟。"我可不喜那裙飘[1]。"

"不喜那裙飘！"安粟哭丧着声音喊道，"好的就是那裙飘。"

"我来，娘让我看。"玛丽安咄地把那页纸从夏罗手中抢了过去。"我说娘对的，"她高兴地喊说，"有了那裙飘，看得太重了。"

老倪扶先生，人家早把他忘了，一和身沉在他坐椅的宽边儿里面，昏昏地假寐着，听她们说话，仿佛在做梦似的。他真是乏了；他再也使不出劲儿。今夜连自己的太太和女孩子们，他都受不住，她们是太……太……

他半睡着的在心里所能想着的就只——他是大富了。在什么事情的背后，他都看见有个枯干的小老头儿在爬着无穷尽的楼梯，他是谁呢？

"今晚上我不换衣服了。"他含糊地说。"你说什么，爹？""哦！什么，什么。"老倪扶先生惊醒了，睁着眼向她们望。"我今晚上不换衣服了。"他又说一遍。

"可是我们请了罗雪儿，达文伯，还有华革太太。"

"可这个春天不大好。"

"你人好过吗，我爱？"

---

[1] 裙飘，Train，礼服后背曳地之裙条。——译者注

"你自己又不用使劲，要查利士干什么？"

"可是你要真是来不得……"夏罗在迟疑。

"成，成，成。"老倪扶站了起来，自个儿跑上楼，他方才隐约梦见爬楼梯的那个小老头儿，仿佛就在他面前引路。年轻的查利士已经在更衣房里等他，很小心的他在拿一块手巾围着那热水筒。年轻的查利士，自从脸子红红的小孩子时候到家来收拾火炉以来，就是他得爱的当差。老倪扶先生一进房，坐下在窗口一张籐编的长椅上，伸出了一双腿，照例开他每晚的小玩笑。

"查利士把他打扮起来了！"查利士皱着眉，深深地呼吸着，凑上前去把他领结里的针拔了出来。

哦，哦！好，好！坐在打开的窗前很爽快，很爽快——很温和的黄昏，下面正有人在网球场上剪草；他听得刈草器的咄咄。不久那女孩子们又要开网球会了。一想着球会，他就好像听得玛丽安的声音荡着，"有你的，伙计……打着了，伙计，啊，真好哪！"接着夏罗在廊下叫着，"海乐尔在哪儿？"安粟说，"他总不在这儿，娘。"夏罗又含糊地回着，"他说……"

老倪扶先生叹了一口气，站了起来，一手摸在他胡子的里面，从查利士手里取过梳子，很当心地把他白胡子梳了几道，查利士递给他一块折齐的手帕，他的表和图章，眼镜盒子。"没事了，孩子。"门关上了，他又坐了下去，就是他一个人……

现在那小老头儿又在无穷尽的楼下漂亮的饭厅里，灯火开得旺旺的。

啊！他的腿！像蜘蛛的腿——细小，干瘪了的。

"你们是个理想的家庭。"可是那话要是实，为甚夏罗或是女孩子们不曾留住他。为甚他老是一个人，爬上爬下的，老是一个人。海乐尔在哪里？啊！再不要盼望海乐尔什么事。下去了，那小小的老蜘蛛下去了。老倪扶先生心里害怕，因为他见他溜过了饭厅，出了门，上了暗沉沉的车道，出了车马进出的门，到了公司。你们留住他，留住他，有人没有！

老倪扶先生又惊觉了。他的更衣房里已经黑了，窗口只有些惨淡的光。他睡了有多久？他听着，他听得远远的人声，远远的声浪，穿过这又高又大昏黑了的房子，传到他的耳边。也许，他昏沉地在想，他已经睡得好久了，谁也没有记着他，全忘他，这屋子，夏罗，女孩子们，海乐尔，——与他有什么相干，他知道他们什么事？他们是他的生人。生命已经在他面前过去了。夏罗已不是他的妻子，他的妻子！……黑沉沉的门口，一半让情藤给掩着了，情藤仿佛懂得人情，也在垂头丧气，发愁似的。小的暖的手臂绕着他的项颈。一只又小又白的脸，对他仰着，一个口音说道，"再会罢，我的宝贝。"

"我的宝贝！再会吧，我的宝贝。"她们里面哪一个说的，她们为甚要再会？准是错了，她是他的妻，那个面色苍白的小女孩子，此外他的一生只是一个梦。

这时候门开了，年轻的查利士，站在灯亮里，垂着一双手，像个年轻的兵士，大声喊道，"饭已经端出来了，先生！"

"我来了，我来了！"老倪扶先生说。

刮　风

忽然间，怪害怕的，她醒了转来。有什么事？出了什么不了的事似的。不，什么事都没有。就是风，刮着房子，摇着窗，砸响着屋顶上的一块铁皮，连她睡着的床都在直晃。树叶子在窗外乱飞，飞上来，又飞了去。下面马路上飞起一整张的报纸，在半空中直爬，像一只断线鹞，又掉了下去，挂在一株松树上。天冷着哪。夏天完了——这是秋天了——什么都看得寒碜，运货车的铁轮子响着走过，一边一边地摆着；两个中国人肩上扛着安蔬菜筐子的木架子在道上一颠一颠地走着——他们的辫子蓝布衫在风里横着飞。一只白狗跷着一条腿嗥着冲过前门。什么都完事了！什么？喔，全完了！她那手指抖抖地编着她的头发，不敢往镜子里看。娘在厅上给祖母说着话。

"蠢死了！这天色还不把晒着的东西全收了进来……我那块顶精致的小茶桌纱布简直给刮成了破布条儿。那怪味儿是什么呀？麦粥烧焦了。可了不得——这风！"

她十点钟有音乐课。这一想着贝多芬低半音的调子，就在她的脑子里直转，音波颤动着又长又尖的像是小摇鼓琴儿……史家的曼丽跑到间壁园子里去采菊花省得叫风给白糟蹋了。她的裙子抹上腰身撑开了飞；她想给往下按着，蹲下去把它夹在腿中间，可是不成，呼的它还是往上飞。她身旁的树，草，全摇着。她尽快地采，可是她的心乱着。她也顾不得花，随便乱来——把花连根子都起了出来，胡乱地折着揪着，顿着脚赌咒。

"你们就不会把前门关上的！绕到背后去关。"有人在嚷着。接着她听见宝健："娘，找你说电话。电话，娘。肉铺子的。"

这日子多难过——烦死，真叫人烦。……得，这回她帽子上的宽紧带又炸了。不炸还怎么着。她换上了一项旧软帽，想走后门溜了出去。可是娘已经见了。

"玛提达，玛提达。快——快快地回来！怎么着你头上戴的是什么呀？倒像个盖茶壶的软兜子。那一绺长头发又给甩在前面算什么了。"

"我不进来了，娘。我上课去，已经太迟了。"

"赶快回来！"

她不。她不干。她恨娘。"去你的！"她大声叫着，往街上直跑。

海里浪似的，天上云似的，一卷卷大圆股儿的土直迎着来刺人，土里还夹着一点点的稻草，米糠，焙干的肥料。园子里的树大声地叫着,她站着路底那间屋子,普伦先生的家门前,连海的啸响都听着了:"啊!……啊!……啊!啊!"但是普伦先生的客厅里还是山洞一样的静。窗子全关着,窗幔拉下一半,她并没来晚。"在她前那女孩子"正练着麦克道威尔的《冰岛歌》。普伦先生转眼过来看着她,半笑不笑的。

"坐下,"他说,"坐那边那个沙发,小姑娘。"

多怪,他那样儿。也不能说他一定怎么笑你……可是总有点儿……这屋子里多清静呀。她喜欢这间屋子。闻着有充毛哔叽,陈烟,菊花的味儿……火炉架上鲁本斯达那相片的背后放着有一大盆那……"送给我的好友洛勃普伦……"那黑色闪光的钢琴上也挂着"孤独"——一个穿白衣服脸上暗沉沉神情悲惨的妇人,坐在一块石头上,她的腿交叠着,她的下巴在她的手上。

"不,不!"普伦先生说,他就靠下身子去,把他的胳膊放在那女孩子的肩膀上,替她弹了一道。这笨劲——她面红了!多可笑!

在她前那女孩子走了;前门"嘭"地关上了。普伦先生回进房来,来回地走着,他那温和的样子,等着她。这事情多怪呀。她的手指儿直发颤,连那音乐书包上的结子都解不下来。这是风刮的……她的心也直跳,仿佛她那裙子准叫风刮得一上一下地乱飞。普伦先生一句话也不说。那张旧的红绒琴凳子够两个人并着坐。普伦先生并着她坐下了。

"我先试试指法好不好?"她问,捧着一双手紧紧地挤。"我也练过一点快指法。"

但是他不回话,竟许他听都没有听见……忽然间他的白净的手带着一个戒指的伸了过来,打开了贝多芬。

"我们稍微来一点大家的吧。"他说。

但是为什么他说话这样的和气——这太和气——倒像他们是老朋友。彼此什么都明白似的。

他慢慢地翻着书篇。她看着他的手——多美的一只手,看得老像是才洗干净似的。

"有了。"普伦先生说。

啊,他那和气的声音——啊,那低半音的调子。这是小鼓声来了……

"我来试一遍好不好?"

"好,好孩子。"

他的声音是太,太过分地和气了。那乐谱上的半音符与快半音符直跳着,像是一群黑小孩子在墙篱上跳着玩似的。他为什么这……她不哭——她没有什么要哭的……

"怎么了,好孩子?"

普伦先生拿了她的手,他的肩膀正挨着她的头。她就这一点点儿靠着他的肩,她的脸挨着那疏松的花呢。

"做人没有意思。"她低声地说,可是她一点也不觉得没有意思。他也说了些什么"等一等","小心拍板","那珍贵的东西,一个女人",但是她没有听着。这多舒服……老是这……

突然间门开了,史家的曼丽窜了进来,离她的时候还远着远着哪。

"这快调还得快一点。"普伦先生说,他站了起来,又在屋子里来回地走着。

"坐那沙发椅,小姑娘。"他对曼丽说。

这风,这风。一个人坐在她自个儿屋子里怪害怕的。那床,那镜子,那脸盆小壶,全亮着,像外面的天。这张床就叫人怕。它躺在那里,睡得着着的……娘得知不得知这被盖上放着一纠纠像蛇盘似的袜子全得我补?她再不想。不,娘。我不知道为什么,我一定得……这风,这风!烟囱里刮下来有煤灰味儿。有谁写诗给风的?……"我带花给叶子给雨"……胡扯。

"是你呀,宝健?"

"来同我到海边上去走走,玛提达。这我再也受不住了。"

"有理,让我披上外套。这天多坏!"宝健的外套跟她的一样。扣上了领子她对镜子里照了照自己。她脸是白的,他们俩一样有那火亮的眼,火热的嘴。啊,镜子里的一对他们认识。再见,乖乖;我们就回来的。

"这样好,是不是?"

"扣上了。"宝健说。

他们走得总不够快。低着头,腿正碰着,他们俩看是一个急忙忙的人,走完大街,走下那不整齐的地沥青道满长着小茴香花的,这下去就是靠海那块平地。天晚了——正是黄昏时。大风刮得她们俩走都走不稳,冲着风左颠右跛的像一对酒醉鬼。大场上的野草花儿全叫风给吹倒了。

"来呀!来呀!我们走近一点。"

过了那堤防,外面的海里浪起得顶高。她们脱了帽子,她的头发腌在她的嘴里,满是盐味儿,海里风太大了,浪头直往上鼓,也不开花;浪上来哗哗地打着堤防的大石壁,长草的滴水的石级全叫淹了去。一股劲浪直冲了过来。她们身上全是水点;她的嘴里尝着又湿又凉的。

宝健说着话哪,他说话声音一高一低的,顶怪的——听了可笑——可是那天正合适。风带着他们的声音——一句句话直往外飞像是一条条小的窄的丝带。

"快一点!快一点!"

天愈迟愈黑了。海湾里上煤的靠船上有两个亮——一个高高的在桅上,一个在船梢上。

"看,宝健。看那边。"

一只大的黑轮船冒着一大卷烟,船舱圆窗洞里全默着亮,船上那处全是亮,正在开出去。大风留不住它;它破着浪走,向着那两边是光石子的湾门口去,这去是到……就这光过来显得它异样,又美又神秘的……他们俩臂挽臂地在船栏上靠着哪。

"……他们是谁？"

"弟弟跟姊。"

"看，宝健，那是我们的镇。看得真小不是？那是最末了一次的邮局钟。那是那块大场地，那天大风天我们在走着的。你记得不？那天我上音乐课还哭哪——多少年前的事！再会吧，小岛，再会……"

这忽见黑夜伸出一个翅膀盖住了沸翻的海水。他们瞧不见他们俩了。再会，再会。别忘了……但是那船已经走了！这时候。

曼殊斐尔

这心灵深处的欢畅,

这情绪境界的壮旷:

任天堂沉沦,地狱开放,

毁不了我内府的宝藏!

——徐志摩 《康河晚照即景》

美感的记忆,是人生最可珍的产业。认识美的本能,是上帝给我们进天堂的一把秘钥。

有人的性情,例如我自己的,如以气候作喻,不但是阴晴相间,而且常有狂风暴雨,也有最艳丽蓬勃的春光。有时遭逢幻灭,引起厌世的悲观,铅般的重压在心上,比如冬令阴霾,到处冰结,莫有些微生气;那时便怀疑一切:宇宙,人生,自我,都只是幻的妄的;人情,希望,理想,也只是妄的幻的。

Ah, human nature, how,
If utterly frail thou art and vile,
If dust thou art and ashes, is thy heart so great?
If thou art noble in part,
How are thy loftiest and impulses and thoughts
By so ignoble causes kindled and put out?
"Sopra un ritratto di una bella donna."

这几行是最深入的悲观派诗人理巴第（Leopardi）的诗；一座荒坟的墓碑上，刻着冢中人生前美丽的肖像，激起了他这根本的疑问——若说人生是有理可寻的，何以到处只是矛盾的现象，若说美是幻的，何以引起的心灵反动能有如此之深刻；若说美是真的，何以也与常物同归腐朽？但理巴第探海灯似的智力虽则把人间种种事物虚幻的外象，一一给褫剥了，连宗教都剥成了个赤裸的梦，他却没有力量来否认美，美的创现他只能认为是神奇的；他也不能否认高洁的精神恋，虽则他不信女子也能有同样的境界。在感美感恋最纯粹的一刹那，理巴第不能不承认是极乐天国的消息，不能不承认是生命中最宝贵的经验。所以我每次无聊到极点的时候，在层冰般严封的心河底里，突然涌起一股消融一切的热流，顷刻间消融了厌世的凝晶，消融了烦恼的苦冻：那热流便是感美感恋最纯粹的一俄顷之回忆。

> To see a world in a grain of sand,
> And a Heaven in a wild flower,
> Hold Infinity in the palm of your hand,
> And eternity in an hour……
> Auguries of Innocence：William Blake.

> 从一颗沙里看出世界，
> 天堂的消息在一朵野花，
> 将无限存在你的掌上，
> 刹那间涵有无穷的边涯……

　　这类神秘性的感觉，当然不是普遍的经验，也不是常有的经验。凡事只讲实际的人，当然嘲讽神秘主义，当然不能相信科学可解释的神经作用，会发生科学所不能解释的神秘感觉。但世上"可为知者道不可与不知者言"的事正多着哩！
　　从前在十六世纪，有一次有一个意大利的牧师学者到英国乡下去，见了一大片盛开的苜蓿在阳光中竟同一湖欢舞的黄金，他只惊喜得手足无措，慌忙跪在地上，仰天祷告，感谢上帝的恩典，使他见得这样的美，这样的神景。他这样发疯似的举动，当时一定招起在旁乡下人的哗笑。我这篇要讲的经历，恐怕也有些那牧师狂喜的疯态，但我也深信读者里自有同情的人，所以我也不怕遭乡下人的笑话！

去年七月中有一天晚上，天雨地湿，我独自冒着雨在伦敦的海姆司堆特（Hampstead）问路警，问行人，在寻彭德街第十号的屋子。那就是我初次，不幸也是末次，会见曼殊斐尔——"那二十分不死的时间！"——的一晚。

我先认识麦雷君（John Middleton murry），他是 Atheneaum 的总主笔，诗人，著名评论家，也是曼殊斐尔一生最后十余年间最密切的伴侣。

他和她自一九一三年起，即夫妇相处，但曼殊斐尔却始终用她到英国以后的"笔名"Katharine Mansfield，她生长于纽新兰（New Zealand），原名是 Kathleen Beanchamp，是纽新兰银行经理 Sir Harold Beanchamp 的女儿。她十五年前离开了本乡，同着三个小妹子到英国，进伦敦大学皇后学院读书。她从小就以美慧著名，但身体也从小即很怯弱。她曾在德国住过，那时她写她的第一本小说 In a German Pension。大战期内她在法国的时候多。近几年她也常在瑞典意大利及法国南部。她常住外国，就为她身体太弱，禁不得英伦雾迷雨苦的天时，麦雷为了伴她，也只得把一部分的事业放弃（Atheneaum 之所以并入 London Nation 就为此）。跟着他安琪儿似的爱妻，寻求健康。据说可怜的曼殊斐尔战后得了肺病，证明以后，医生明说她不过两三年的寿限，所以麦雷和她相处有限的光阴，真是分秒可数。多见一次夕照，多经一次朝旭，她优昙似的余荣，便也消减了如许的活力，这颇使人想起茶花女一面吐血一面纵酒恣欢时的名句：

"You know I have not long to live, Therefore I will live fast!"——你知道我是活不久长的，所以我存心活他一个痛快！

我正不知道多情的麦雷，眼看这艳丽无双的夕阳，渐渐消翳，心里"爱莫能助"的悲感，浓烈到何等田地！

但曼殊斐尔的"活他一个痛快"的方法，却不是像茶花女的纵酒恣欢，而是在文艺中努力；她像夏夜榆林中的鹃鸟，呕出缕缕的心血来制成无双的情曲，便唱到血枯音嘶，也还不忘她的责任是牺牲自己有限的精力，替自然界多增几分的美，给苦闷的人间几分艺术化精神的安慰。

她心血所凝成的便是两本小说集，一本是 *Bliss*，一本是去年出版的 *Garden Party*。凭这两部书里的二三十篇小说，她已经在英国的文学界里占了一个很稳固的位置。一般的小说只是小说，她的小说是纯粹的文学，真的艺术；平常的作者只求暂时的流行，博群众的欢迎，她却只想留下几小块"时灰"掩不暗的真晶，只要得少数知音者的赞赏。

但唯其是纯粹的文学，她的著作的光彩是深蕴于内而不是显露于外的，其趣味也须读者用心咀嚼，方能充分地理会。我承作者当面许可选译她的精品，如今她去世，我更应当珍重实行我翻译的特权，虽则我颇怀疑我自己的胜任。我的好友陈通伯他所知道的欧州文学恐怕在北京比谁都更渊博些，他在北大教短篇小说，曾经讲过曼殊斐尔的，这很使我欢喜。他现在也答应也来选译几篇，我更要感谢他了。关于她短篇艺术的长处，我也希望通伯能有机会说一点。

现在让我讲那晚怎样的会晤曼殊斐尔。早几天我和麦雷在 Charing Cross 背后一家嘈杂的 A. B. C. 茶店里，讨论英法文坛的状况，我乘便说起近几年中国文艺复兴的趋向，在小说里感受俄国作者的影响最深，他喜得几乎跳了起来，因为他们夫妻最崇拜俄国的几位大家，他曾经特别研完过陀思妥耶夫斯基，著有一本 *Dastoievsky*：*A Critical Study*，曼殊斐尔又是私淑契诃甫（Tchekhov）的，他们常在抱憾俄国文学始终不曾受英国人相当地注意，因之小说的质与式，还脱不尽维多利亚时期的 Philistinism。我又乘便问起曼殊斐尔的近况，他说她一时身体颇过得去，所以此次敢伴着她回伦敦住两星期，他就给了我他们的住址，请我星期四晚上去会她和他们的朋友。

所以我会见曼殊斐尔，真算是凑巧的凑巧。星期三那天我到惠尔斯（H. G. Wells）乡里的家去了（Easten Glebe），下一天和他的夫人一同回伦敦，那天雨下得很大，我记得回寓时浑身全淋湿了。

他们在彭德街的寓处，很不容易找（伦敦寻地方总是麻烦的，我恨极了那回街曲巷的伦敦），后来居然寻着了，一家小小一楼一底的屋子，麦雷出来替我开门，我颇狼狈地拿着雨伞，还拿着一个朋友还我的几卷中国字画。进了门，我脱了雨具，他让我进右首一间屋子，我到那时为止对于曼殊斐尔只是对于一个有名的年轻女子作者的景仰与期望；至于她的"仙姿灵态"我那时绝对没有想到，我以为她只是与 Rose Macaulay, Verginia Woolf, Roma Wilon, Venessa Bell 几位女文学家的同流人物。平常男子文学家与美术家，已经尽够怪僻，近代女子文学家更似乎故意养成怪僻的习惯，最显著的一个通习是装饰之务淡朴，务不入时，务"背女性"；头发是剪了的，又不好好地收拾，一团糟地散在肩上；袜子永远是粗纱的；鞋上不是沾有泥就是带灰，并且大都是最难看的样式；裙子不是异样地短就是过分地长；眉目间也许有一两圈"天才的黄晕"，或是带着最可厌的美国式龟壳大眼镜，但她们的脸上却从不见脂粉的痕迹，手上装饰亦是永远没有的，至多无非是多烧了香烟的焦痕；哗笑的声音，十次有九次半盖过同座的男子；走起路来也是挺胸凸肚的，再也辨不出是夏娃的后身；开起口来大半是男子不敢出口的话；当然最喜欢讨论是 Freudian Complex, Birth Control, 或是 George moore 与 James Joyce 私人印行的新书，例如 A Storytellers Holiday 与 Ulysses。总之她们的全人格只是一幅妇女解放的讽刺画（Amy Lowell 听说整天的抽大雪茄）。和这一班立意反对上帝造人的本意的"唯智的"女子在一起，当然也有许多有趣味的地方，但有时总不免感觉她们矫揉造作的痕迹过深，引起一种性的憎忌。

我当时未见曼殊斐尔以前，固然没有想她是这样一流的 Futuristic, 但也绝对没有梦想到她是女性的理想化。

所以我推进那门时我就盼望她——一个将近中年和蔼的妇人——笑盈盈地从壁炉前沙发上站起来和我握手问安。

但房里——一间狭长的壁炉对门的房——只见鹅黄色恬静的灯光，壁上炉架上杂色的美术的陈设和画件，几张有彩色画套的沙发围列在炉前，却没有一半个人影。麦雷让我一张椅上坐了，伴着我谈天，谈的是东方的观音和耶教的圣母，希腊的 Virgin Diana 埃及的 Isis 波斯的 Mithraism 里的 Virgin 等等之相仿佛，似乎处女的圣母是所有宗教里一个不可少的象征……我们正讲着，只听门上一声剥啄，接着进来了一位年轻的女郎，含笑着站在门口。"难道她就是曼殊斐尔——这样的年轻……"我心里在疑惑，她一头的褐色卷发，盖着一张小圆脸，眼极活泼，口也很灵动，配着一身极鲜艳的衣装——漆鞋，绿丝长袜，银红绸的上衣，酱紫的丝绒裙——亭亭地立着，像一颗临风的郁金香。

麦雷起来替我介绍，我才知道她不是曼殊斐尔，而是屋主人，不知是密司 B——什么，我记不清了，麦雷是暂寓在她家的；她是个画家，壁上挂的画，大都是她自己的作品。她在我对面的椅子上坐了。她从炉架上取下一个小发电机似的东西拿在手里，头上又戴了一个接电话生戴的听籀，向我凑得很近的说话，我先还当是无线电的玩具，随后方知这位秀美的女郎的听觉是有缺陷的！

她正坐定，外面的门铃大响——我疑心她的门铃是特别响些。来的是我在法兰先生（Roger Fry）家里会过的 Sydney waterloo，极诙谐的一位先生，有一次他从巨大的口袋里一连掏出了七八支的烟斗，大的小的长的短的，各种颜色的，叫我们好笑。他进来就问麦雷，迦赛林今天怎样，我竖了耳朵听他的回答。麦雷说"她今天不下楼了，天气太坏，谁都不受用……"华德鲁先生就问他可否上楼去看她，麦说可以的。华又问了密司 B 的允许站了起来，他正要走出门，麦雷又赶过去轻轻地说"Sydney, don't talk too much."

楼上微微听得出步响，W 已在迦赛林房中了。一面又来了两个客，一个短的 M 才从游希腊回来，一个轩昂的美丈夫，就是 London Nation and Atheneaum 里每周做科学文章署名 S 的 Sullivan。M 就讲他游历希腊的情形，尽背着古希腊的史迹名胜，Parnassus 长，mycenae 短，讲个不住。S 也问麦雷迦赛琳如何，麦雷说今晚不下楼，W 现在楼上。过了半点钟模样，W 笨重的足音下来了，S 问他迦赛林倦了没有，W 说："不，不像倦，可是我也说不上，我怕她累，所以我下来了。"再等一歇，S 也问了麦雷的允许上楼去，麦也照样叮咛他不要让她乏了。麦问我中国的书画，我乘便就拿那晚带去的一幅赵之谦的《草书法画梅》，一幅王觉斯的草书，一幅梁山舟的行书，打开给他们看，讲了些书法大意，密斯 B 听得高兴，手捧着她的听盘，挨近我身旁坐着。

但我那时心里却颇觉失望，因为冒着雨存心要来一会Bliss的作者，偏偏她不下楼，同时W、S、麦雷的烘云托月，又增了我对她的好奇心。我想运气不好，迦赛琳在楼上，老朋友还有进房去谈的特权，我外国人的生客，一定是没有份的了。时已十时过半了，我只得起身告别，走出房门，麦雷陪出来帮我穿雨衣。我一面穿衣，一面说我很抱歉，今晚密斯曼殊斐尔不能下来，否则我是很想望会她一面的，不意麦雷竟很诚恳地说："如其你不介意，不妨请上楼去一见。"我听了这话喜出望外，立即将雨衣脱下，跟着麦雷一步一步地走上楼梯……

上了楼梯，扣门，进房，介绍，S告辞，和M一同出房，关门，她请我坐下，我坐下，她也坐下……这么一大串繁复的手续我只觉得是像电火似的一扯过，其实我只推想应有这么些的经过，却并不曾觉到：当时只觉得一阵模糊。事后每次回想也只觉得是一阵模糊，我们平常从黑暗的街上走进一间灯烛辉煌的屋子，或是从光薄的屋子里出来骤然对着盛烈的阳光，往往觉得耀光太强，头晕目眩的，得定一定神，方能辨认眼前的事物。用英文说就是 Senses overwhelmed by excessive light；不仅是光，浓烈的颜色有时也有"潮没"官觉的效能。我想我那时，虽不定是被曼殊斐尔人格的烈光所潮没，她房里的灯光陈设以及她自身衣饰种种各品浓艳灿烂的颜色，已够使我不预防的神经，感觉刹那间的淆惑，那是很可理解的。

她的房给我的印象并不清切，因为她和我谈话时，不容我去认记房中的布置，我只知道房是很小，一张大床差不多就占了全房大部分的地位，壁是用画纸裱的，挂着好几幅油画大概也是主人画的。她和我同坐在床左贴壁一张沙发榻上，因为我斜倚她正坐的缘故，她似乎比我高得多（在她面前哪一个不是低的，真是！）。我疑心那两盏电灯是用红色罩的，否则何以我想起那房，便联想起"红烛高烧"的景象？但背景究属不甚重要，重要的是给我最纯粹的美感的——The puresl aesthetic feeling——她，是使我使用上帝给我那把进天国的秘钥的——她，是使我灵魂的内府里，又增加了一部宝藏的——她。但要用不驯服的文字来描写那晚的她！不要说显示她人格的精华，就是单只忠实地表现我当时的单纯感象，恐怕就够难的了。从前一个人有一次做梦，进天堂去玩了，他异样地欢喜，明天一起身就到他朋友那里去，想描写他神妙不过的梦境，但是！他站在朋友面前，结住舌头，一个字都说不出来，因为他要说的时候，才觉得他所学的在人间适用的字句，绝对不能表现他梦里所见天堂的景色，他气得从此不开口，后来抑郁而死。我此时妄想用字来活现出一个曼殊斐尔，也差不多有同样的感觉，但我却宁可冒亵渎神灵的罪，免得像那位诚实君子活活地闷死。她的打扮与她的朋友B女士相像：也是烁亮的漆皮鞋，闪色的绿丝袜，枣红丝绒的围裙，嫩黄薄绸的上衣，领口是尖开的，胸前挂着一串细珍珠，袖口只齐及肘弯。她的发是黑的，也同密斯B一样剪短的，但她栉发的样式，却是我在欧美从没有见过的。我疑心她是有心仿效中国式，因为她的发不但纯黑，而且直而不鬈，整整齐齐的一圈，前面像我们十余年前的"刘海"，梳得光滑异常；我虽则说不出所以然，但觉得她发之美也是生平所仅见。

至于她眉目口鼻之清之秀之明净，我其实不能传神于万一；仿佛你对着自然界的杰作，不论是秋水洗净的湖山，霞彩纷披的夕照，或是南洋莹彻的星空，你只觉得他们整体的美，纯粹的美，完全的美，不能分析的美，可感不可说的美；你仿佛直接无碍地领会了造化最高明的意志，你在最伟大深刻的戟刺中经验了无限的欢喜，在更大的人格中解化了你的性灵。我看了曼殊斐尔像印度最纯澈的碧玉似的容貌，受着她充满了灵魂的电流的凝视，感着她最和软的春风似的神态，所得的总量我只能称之为一整个的美感。她仿佛是个透明体，你只感讶她粹极的灵彻性，却看不见一些杂质。就是她一身的艳服，如其别人穿着，也许会引起琐碎的批评，但在她身上，你只是觉得妥贴，像牡丹的绿叶，只是不可少的衬托，汤林生（H. M. Tomlingson 她生前的一个好友），以阿尔帕斯山岭万古不融的雪，来比拟她清极超俗的美，我以为很有意味的。他说——

"曼殊斐尔以美称，然美固未足以状其真，世以可人为美，曼殊斐尔固可人矣，然何其脱尽尘寰气，一若高山琼雪，清彻重霄，其美可惊，而其凉亦可

118

感。艳阳被雪，幻成异彩，亦明明可识，然亦似神境在远，不隶人间。曼殊斐尔肌肤明皙如纯牙，其官之秀，其目之黑，其颊之腴，其约发环整如髹，其神态之娴静，有华族粲者之明粹，而无西艳伉杰之容；其躯体尤苗约，绰如也，若明蜡之静焰，若晨星之澹妙，就语者未尝不自讶其吐息之重浊，而虑是静且澹者之且神化……"

汤林生又说她锐敏的目光，似乎直接透入你的灵府深处，将你所蕴藏的秘密，一齐照彻，所以他说她有鬼气，有仙气；她对着你看，不是见你的面之表，而是见你心之底，但她却不是侦刺你的内蕴，不是有目的地搜罗，而只是同情地体贴。你在她面前，自然会感觉对她无慎密的必要；你不说她也有数，你说了她不会惊讶。她不会责备，她不会恧恚，她不会奖赞，她不会代你出什么物质利益的主意，她只是默默地听，听完了然后对你讲她自己超于善恶的见解——真理。

这一段从长期的交谊中出来深入的话，我与她仅仅一二十分钟的接近当然不会体会到，但我敢说从她神灵的目光里推测起来，这几句话不但是可能，而且是极近情的。

所以我那晚和她同坐在蓝丝绒的榻上，幽静的灯光，轻笼住她美妙的全体，我像受了催眠似的，只是痴对她神灵的妙眼，一任她利剑似的光波，妙乐似的音浪，狂潮骤雨似的向我灵府泼淹。我那时即使有自觉的感觉，也只似开茨（Keats）听鹃啼时的：

> My heart aches, and a drowsy numbness pains
> My sense, as though of homleck I had drunk……
> Tis not through envy of thy happy lot
> But being too happy in thy happiness……

曼殊斐尔的声音之美，又是一个 Miracle。一个个音符从她脆弱的声带里颤动出来，都在我习于尘俗的耳中，启示着一种神奇的意境，仿佛蔚蓝的天空中一颗一颗的明星先后涌现。像听音乐似的，虽则明明你一生从不曾听过，但你总觉得好像曾经闻到过的，也许在梦里，也许在前生。她的，不仅引起你听觉的美感，而竟似直达你的心灵底里，抚摩你蕴而不宣的苦痛，温和你半冷半僵的希望，洗涤你窒碍性灵的俗累，增加你精神快乐的情调，仿佛凑住你灵魂的耳畔私语你平日所冥想不到的仙界消息。我便此时回想，还不禁内动感激的悲慨，几乎零泪；她是去了，她的音声笑貌也似霞彩似的一瞥不再，我只能学 Aft Vogler 之自慰，虔信——

> Whose voice has gone forth,
> but each survivcs for the melodist when eternity af-

firms the conception of an hour.

……

Enough that he heard it once,

we shall hear it by and by.

曼殊斐尔,我前面说过,是病肺痨的,我见她时正离她死不过半年,她那晚说话时,声音稍高,肺管中便如获管似的呼呼作响,她每句语尾收顿时,总有些气促,颧颊间便也多添一层红润,我当时听出了她肺弱的音息,便觉得切心的难过,而同时她天才的兴奋,偏是逼迫她音度的提高,音愈高,肺嘶亦更呖呖,胸间的起伏,亦隐约可辨,可怜!我无奈何,只得将自己的声音特别地放低,希冀她也跟着放低些。果然很应效,她也放低了不少,但不久她又似内感思想的戟刺,重复节节地高引。最后我再也不忍因我而多耗她珍贵的精力,并且也记得麦雷再三叮嘱 W 与 S 的话,就辞了出来,总计我进房至出房——她站在房口送我——不过二十分的时间。

我与她所讲的话也很有意味,但大部分是她对于英国当时最风行的几个小说家的批评——例如 Rebecca west, Romer Wilson, Hutchingson, Swinnerton, 等——恐怕因为一般人不稔悉,那类简约的评语不能引起相当的兴味所以从略。麦雷自己是现在英国中年的评论家最有学有识的一人——他去年在牛津大学讲的 The problem of style,有人誉为安诺德(Matthew

Arnold）以后评论界最重要的一部贡献——而他总常常推尊曼殊斐尔，说她是评论的天才，有言必中肯的本能，所以我此刻要把她那晚随兴月旦的珠沫，略过不讲，很觉得有些可惜。她说她方才从瑞士回来，在那里和罗素夫妇寓所相距颇近，常常说起东方的好处，所以她原来对中国景仰，更一进而为爱慕的热忱。她说她最爱读 Arthur Waley 所翻的中国诗，她说那样的艺术在西方真是一个 Wonderful revelation，她说新近 Amy Lowell 译得很使她失望，她这里又用她爱用的短句 That's not the thing! 她问我译过没有，她再三劝我应当试试，她以为中国诗只有中国人能译得好的。

她又问我是否也是写小说的，她又问中国顶喜欢契诃甫的哪几篇，译得怎么样，此外谁最有影响。

她问我最喜欢读哪几家小说，我说哈代，康德拉，她的眉稍耸了一耸笑道：

"Isn't it! we have to go back to the old maters for good literature——the real thing!"

她问我回中国去打算怎么样，她希望我不进政治，她愤愤地说现代政治的世界，不论哪一国，只是一乱堆的残暴和罪恶。

后来说起她自己的著作。我说她的太是纯粹的艺术，恐怕一般人反而不认识，她说：

"That's just it, then of course, popularity is never the thing for us."

我说我以后也许有机会试翻她的小说,愿意先得作者本人的许可。她很高兴地说她当然愿意,就怕她的著作不值得翻译的劳力。

她盼望我早日回欧州,将来如到瑞士再去找她,她说怎样地爱瑞士风景,琴妮湖怎样的妩媚,我那时就仿佛在湖心柔波间与她荡舟玩景。

"Clear, placid Leman!
……

Thy soft murmuring sounds sweet as if a sister's voice reproved.

That I with stern delights should ever have been so moved……

我当时就满口地答应,说将来回欧一定到瑞士去访她。

末了我恐怕她已经倦了,深恨与她相见之晚,但盼望将来还有再见的机会。她送我到房门口,与我很诚挚地握别。

将近一月前我得到曼殊斐尔已经在法国的芳丹卜罗(枫丹白露)去世。这一篇文字,我早已想写出来,但始终为笔懒,延到如今,岂知如今却变了她的祭文了!

赣第德

译者序

　　Candide（by Voltaire，1759），这是凡尔太（伏尔泰）在三天内写成的一部奇书。

　　凡尔太是个法国人，他是十八世纪最聪明的，最博学的，最放诞的，最古怪的，最臃肿的，最擅讽刺的，最会写文章的，最有势力的一个怪物。他的精神的远祖是苏格腊底士（苏格拉底），阿里士滔芬尼士（阿里斯托芬），他的苗裔，在法国有阿拿托尔·法郎士，在英国有罗素，在中国——署名西滢者有上承法统的一线希望。不知道凡尔太就比是读《二十四史》不看《史记》，不知道赣第德就比是读《史记》忘了看《项羽本纪》。我今晚这时候动手翻《赣第德》——夜半三时——却并不为别的理由，为的是星期六不能不出副刊，结果我就不能不抱佛脚，做编辑的苦恼除了自己有谁知道，有谁体谅。

　　但《赣第德》是值得你们花宝贵的光阴的，不容情的读者们，因为这是一部西洋来的《镜花缘》，这镜里照出的却不止是西洋人的丑态，我们也一样分得着体面我敢说；尤其在今天，叭儿狗冒充狮子王的日子，满口仁义道德的日子，我想我们有借镜的必要，时代的尊容在这里面描着，竟许足下自己的尊容比旁人起来相差也不在远。你们看了千万不可生气，因为你们应该记得王尔德的话，他说十九世纪对写实主义的厌恶是卡立朋（莎士比亚特制的一个丑鬼）在水里照见他自己尊容的发恼。

我再不能多说话，更不敢说大话，因为我想起书里潘葛洛斯（意思是全是废话）的命运。

志　摩

第一回

此回说赣第德怎样在一个富丽的爵邸里长大,后来怎样被逐。

在威士法利亚地方一个爵邸里,主人是男爵森窦顿脱龙克,住着一个少年,长得非常地美秀。他的相貌是他灵性的一幅画。他有的是正确的评判力,他的精神是单纯的,这就是说他有理性,因此我想他的名字叫作赣第德。府里的老家人猜想他是男爵妹妹的私生子,她的情人是邻近一位诚实的好绅士,她始终不肯嫁给他因为他的家谱不完全。

这位男爵在威士法利亚地方是顶有威权的一个贵族,因为他的府第不仅有一扇大门,并且还有窗户。他的大厅上也就满挂丝织的壁画。他的农场上所有的狗在需要时就变成一队猎犬;他的马车夫当猎夫;村庄里的牧师,他的司粮大员。他们都叫他"米老德"("My Lord")他讲故事他们就笑。

男爵的夫人身重大约有三百五十磅,因此她是一个有大身份的人,并且她管理府里的事务异常地认真,因此人家格外地尊敬她。她的女儿句妮宫德才十七岁年纪,肤色鲜艳,娇柔,肥满,讨人欢喜。男爵的少爷也是没一样不克肖他的尊翁。管小教堂的潘葛洛斯——Pangloss,两个希腊字拼起来的,意思是"全是废话"——是府里的圣人,小赣第德跟着他读书,顶用心的,潘葛洛斯是玄学兼格致学兼神学兼天文学的一位大教授。他从容地证明给你听世上要是没有因就不会有果,在这所有可能的世界中最完善的世界里,男爵的府第是所有府第中最富丽的一个府第,他的太太是所有男爵夫人中最好的一位男爵夫人。

"这是可证明的,"他说,"所有的事情是怎么样就是怎么样,绝不会两样或是变样;因为上帝创造各种东西都有一个目的,一切都为的是最完善的目的。你们只要看,人脸上长鼻子为的是便于带眼镜——于是我们就有了眼镜。人身上有腿分明为的是长袜子——于是我们就有长袜子。山上长石头是预备人来开了去造爵第的——因此我们的爵爷就有一所伟大的爵第;因为一省里最伟大的爵爷天生就该住顶好的屋子。上帝造毛猪是给人吃的——因此我们一年到头吃猪肉。这样说下来,谁要是说什么事情都合适,他的话还不够一半对,他应该说什么事情都是最合适的。"

赣第德用心地听讲,十二分地相信;因为他看句妮宫德姑娘是十二分地美,虽则他从不曾有胆量对她这样说过。他的结论是第一层幸福是生下来是男爵森窦顿脱龙克的子女，第二层幸福是生成了句妮宫德姑娘，第三是天天见得着她，第四是听老师潘葛洛斯的讲，他是全省里最伟大的哲学家，当然也就是全世界最伟大的哲学家了。

有一天句妮宫德在府外散步的时候，那是一个小林子，他们叫花园的，无意在草堆里发现潘葛洛斯大博士正在教授他那实验自然哲学的课程，这回他的学生是她妈妈的一个下女，稀小的黄姜姜的一个女人，顶好看也顶好脾气的。句妮宫德姑娘天生就爱各种的科学，所以她屏着气偷看他们一次又一次的试验，她这回看清楚了那博士先生的理论，他的果，他的因的力量；她回头走的时候心里异常地乱，愁着的样子，充满了求学的冲动；私下盘算她何尝不可做年轻的赣第德的"充分的理由"，他一样也可以做她的"充分的理由"。

她走近家门的时候碰见了赣第德，她脸红了；赣第德也脸红了；她对他说早安发音黏滋滋的，赣第德对她说什么话自己都没有知道。下一天吃完晚饭离开桌子的时候，赣第德与句妮宫德在一架围屏背后碰着了；句妮宫德的手帕子掉了地下去，赣第德捡了它起来，她不经意地把着了他的手，年轻人也不经意地亲了这位年轻姑娘的手，他那亲法是特别地殷勤，十二分地活泼，百二十分地漂亮；他们的口合在一起了，他们的眼睛发亮了，他们的腿摇动了，他们的手迷路了。男爵森窦顿脱龙克恰巧走近围屏,见着这里的因与果;他就轰赣第德出府,在他的背后给了许多的踢腿;句妮宫德晕了过去;醒过来的时候爵夫人给了她不少的嘴巴;一时间府里起了大哄,这所有的府第中最富丽最安逸的一家府第。

第二回

这回讲赣第德出府后在保尔加利亚人那里所得的经验。

赣第德,从地面上的天堂里被赶出来以后,走了好一阵子。自己也不知道在什么地方,一路哭着,抬起一双眼对着天,时常转过去回望那最富丽的爵第,里面囚禁着一个最纯洁最高贵的女郎。他也没得饭吃,躺下去就睡,地方是一亩田的中间,两边是两道沟。天下雪了,飞着肥大的雪花。下一天,赣第德,昏扑扑的一堆,跌铳铳地往前跑,到了一处地方,叫作哗尔勃辥霍夫脱拉白克狄德道夫,身上没有钱,饿得快死,他停步在一家小客栈的门口,心里真发愁。两个穿蓝衣服的人看见了他。

"朋友,"内中一个说,"这倒是一个长得像样的小伙子,高也够高。"

他们走过去招呼赣第德,顶和气地请他去吃饭。

"先生们,"赣第德回答说,口气和婉得动人,"多谢你们的好意，但是我惭愧没有力量付我的饭钱。"

"好说您了，"一位说，"像你那模样像你那能干的人从来做什么都不用花钱的：你不是身高五尺五寸吗？"

"可不是您了，那正是我的身高。"说着他低低地鞠了一躬。

"来您了，坐着；我们不但替你付钱，并且你放心，我们再也不肯让你这样人少钱花；人生在世上还不只是互相帮助的。"

"一点不错，"赣第德说，"这正是潘葛洛斯先生常常教我的话，我现在看明白了什么事情都是顶合适的"。

他们请他收下几个金镑。他拿了，他想写一个借条给他们，他们不要，三个人坐了下来。

"你不深深地爱吗？"

"是啊，"他回答说，"我深深地爱上了句妮宫德姑娘。"

"不是，"两位先生里一位说，"我们问你，你是不是深深地爱保尔加利亚的国王？"

"一点也不，"他说，"因为我从没有见过他。"

"什么！他是最好的国王，我们得喝一杯祝福他。"

"喔！顶愿意了，先生们。"他就引满了。

"那就行了，"他们告他，"从今起你是保尔加利亚人的帮手，助力，保护者，英雄。你的财是发定了，你的荣耀是稳当了。"

一下子他们就把他绑了起来，扛了他到营盘里去。到了那边他们就叫他向左转，又向右转，上枪，又回枪，举枪，放枪，开步走，末了他们拿一根大棍子锤了他三十下。第一天他操演的成绩好得多，只吃了二十下。再下一天只熬了一十下，这来全营盘就把他当作奇才看了。

赣第德，全叫弄糊涂了，还是想不明白怎样他是一个英雄。有一个春天他决意出去散一回步，一直向前走着，心想这随着高兴利用本身上的腿是人与畜生共享的权利。他才走了二十里光景就叫四个人追着了，全是六尺高的英雄，把他捆住了，带了回去往牢里一丢。他们问他愿意受哪一种待遇，还是用游全营盘吃三十六次棍子，还是一下子把十二个铅丸装脑壳里去。他不相干地答话说，人的意志是自由的，因此他哪样都不要。他们逼着他选；他凭着天给他的自由权选中了吃三十六次棍子。他受了两回。这营盘里一共是二千人；这样他到手的打是一共四千下，结果他所有皮里的筋皮里的腱全露了出来，从他的头根起一直下去到他的臀尖。他们正要举行第三次的时候，赣第德，再也办不了了，求他们做好事拿铅丸子了结了他算数。他们准了，包上了他的眼，叫他跪下。刚巧这时候保尔加利亚的国王走来，问明白他犯罪的情形。国王是极能干的人，他听下来就知道赣第德是一个年轻玄学家，完全懂不得世事的曲折，他就特别开恩赦了他，期望所有的报纸这来都会颂扬他的仁慈，历史上永远传下他的芳名。

一个高明的外科医生在三星期内医好了赣第德,用的狄屋斯可列第士传下来的止创药。他已经有了一张小皮,等到保尔加利亚国王对阿白菜国王打仗的时候他可以开步走了。

第三回

这回讲赣第德怎样从保尔加利亚人那里逃走,以及后来的情形。

再没有像这回两边对垒的军队那样的精神焕发,漂亮,敏捷,起劲的了。军号,军笛,军鼓,大炮合成了一种在地狱里都听不到的闹乐。大炮一来就叫两边一家放平了六千人;枪的对击又从这完善的世界的地面上取消了近万条的性命。枪刺也是好几千人的致命的一个"充分的理由"。一起算下来有三万光景灵魂升了天。在这阵烈轰轰的屠杀中,赣第德,浑身发抖得像一个哲学家,只忙着到处躲。

等到两边国王下令吩咐各自的军队唱赞美诗的时候,赣第德决计跑走,想到别的地方再去研究因果的问题。他在死透的夹着死不透的尸体堆里寻路,走到了邻近一个村庄;这村庄已经变了火灰,因为这是阿白莱的地方,叫保尔加利亚人放火烧了的,那是打仗的规矩。这一边,受伤的老头们眼看他们的妻子,紧紧地把亲儿女们搂向她血泊的怀里,当着面叫人家屠杀了;那一边,他们的女儿们,肚肠都叫搅翻了的,正在喘着她们最末了的一口气,总算替保尔加利亚英雄们天然的要求尽了义务;同时还有在火焰烧得半焦的,呻吟着只求快死。地上洒满了脑浆,臂膀,腿。

赣第德快快地逃到了另一个村庄,这是保尔加利亚一面的,阿白莱的英雄们也是照样还礼。赣第德还得在跳动的肢体间与烧不尽的灰堆里奔命,好容易跑出了战争的区域,背袋里只剩有限的干粮,心窝里老是放着句妮宫德姑娘。他进荷兰境的时候粮食已经吃完;但是因为曾经听说荷兰国里没有穷人,并且都是耶教徒,他绝不疑惑他一定可以得到同在男爵府第里同样的待遇,在句妮宫德姑娘的铄亮的眼珠导致他的放逐以前。

他先问几个相貌庄重的先生们讨布施,但他们全给他一样的回答,说如果他再要继续他的行业,他们就得把他放进一个修心的地方,教给他一个过活的方法。

后来他又对一位先生开口,他刚正在一个大会场里费了足足一个时辰讲慈善。但这演说家斜眼看着他发问了:

"你在这里做什么的?你是不是赞成'善因'?"

"没有因就不会有果,"赣第德谦和地答着,"世上一切事物的关系与布置都是为着一个最好的目的。我当初从句妮宫德姑娘那里叫人家赶出来,后来在营盘里叫人家打一个稀烂,现在我到这里来没法寻饭吃只得当叫花——一层层下来都是必然的道理;什么事情是什么就是什么,不会两样的。"

"我的朋友,"演说家再对他说,"你信罗马教皇是反对基督的吗?"

"我没有听说过,"赣第德说,"反正他是也好,不是也罢,我要的是面包。"

"你活该没得饭吃,"那位先生说,"去你的,光棍;滚你的,穷鬼;再不要来走近我。"

演说家的太太,从楼窗上探出头来,听说这个人不相信罗马教皇是反基督,就从楼窗上浇了他一身的……可了不得!娘们着了教迷什么事做不出来?

有一个叫占姆士的,他是小时候没有受洗礼的,一个善心的阿那板别士脱(即幼时不受洗礼者,以下简称阿那板)看见了这样下流作恶地对待他一个同胞的办法,他无非是一个不长毛的两脚兽,脑壳里装着一个理性的灵魂,又没有别的罪恶,他动了怜心,带了他回家,给他洗干净了,给他面包啤酒吃喝,给他两块金洋钱,还想教给他在荷兰通行仿装波斯材料的工作。赣第德,简直拜倒在他的跟前,喊说:

"潘葛洛斯老师的话真对,他说这世上什么事情都是顶合适的,因为你的恩惠比方才那位穿黑服的先生与他楼窗上的太太的不人道使我感动深得多。"

第二天他出外走路的时候,他碰见一个要饭的,浑身全是疮疤,眼睛像是烂桃子,鼻子的尖头全烂跑了,嘴歪了,牙齿是黑的,嗓子里梗着。一阵恶咳嗽逮住了他,每回使劲一吐就吐出一颗牙。

第四回

这回讲赣第德怎样寻着他的老师潘葛洛斯，以及他们以后的际遇。

赣第德见了这骇人的叫花，哀怜的分数比厌恶的分数多，他就拿方才那位长厚的阿那板给的两块金洋给了他。这鬼样子切实地看了他一晌，流了几滴泪，张开手去抱他。赣第德禁不住恶心闪开了。

"啊！"一个穷鬼对另一个穷鬼说，"难道你不认识你亲爱的潘葛洛斯了？"

"你说什么？你，我的亲爱的老师！你怎么到这般田地！你遭了什么罪？为什么你不在那最富丽的爵第里了？句妮宫德姑娘又怎么样了，那颗明珠，那上天的杰作？"

"我乏得站不动了。"潘葛洛斯说。

赣第德就把他带回阿那板的马房里去，给他一点吃剩的面包。潘葛洛斯稍微充饥以后。

"怎么样呢,"赣第德就问,"句妮宫德?"

"她是死了。"老师回答。

赣第德听着话就昏了过去;他的朋友碰巧在马棚里寻着一点醋把他嗅醒了回来。赣第德重新张开了他的眼。

"死了,句妮宫德!啊,这最完美的世界,你到底是怎么回事?可是她生什么病死的?是不是因为她见她的父亲把我踢出了他的富丽的府第想我发愁死的?"

"不,"潘葛洛斯说,"她是叫保尔加利亚的兵在肚子上开了口,在好多人使完了她以后;他们凿破了男爵的脑袋,因为他想保护女儿;我们的夫人,她的娘,叫他们切成块;我那可怜的学生也吃了与他姊姊一样的苦;至于那府第,他们连一块石头都不放过,米仓也没了,羊,鸭子,树木,全完了;但是我们已经报了我们的仇,因为阿白莱人也到邻近一个爵区里去把一个保尔加利亚的爵爷府照样地开销了去。"

这一讲赣第德又昏了去;但他醒过来说完了他应说的话以后,他就开始追究这事情的因与果,以及使潘葛洛斯流落到这般田地的"充分的理由"。

"啊!"他的老师回答说,"为的是恋爱;爱呀,人类的慰安,宇宙的保守者,一切生物的灵魂,爱,温柔的恋爱。"

"啊!"赣第德说,"我知道这爱,人心的主宰,我们灵魂的灵魂,但是我自己受着的痛苦就只一个亲嘴以及背上二十脚的踢。在你身上这美丽的因如何就会产生这样丑恶的果?"

潘葛洛斯的答话是，"喔，我的亲爱的赣第德，你记得巴圭德，就是伺候爵夫人那艳艳的小东西，在她的交抱中我尝着了天堂的快乐，这因就产生了你现在看得见我浑身地狱苦恼的果；她浑身全是那毒，因此她也许自身倒反呆了。这份礼物是巴圭德从一个教士那里得来的，教士也曾经追究出他的来源；他是从一个老伯爵夫人那里来的，她又是从一个军官那里来的，军官又是一个侯爵夫人赏给他的，侯爵夫人是一个小听差给她的，小听差跟过一个罗马教徒，他当初出身的时候曾经结交过一个老水手，他是哥伦布伙计的一个。现在到了我身上我打算不给谁了，我就快死了。"

"喔，潘葛洛斯！"赣第德叫了，"多么古怪的一个家谱！它那最初的由来不就是魔鬼吗？"

"不对，"这位博学先生回答，"这是一个躲不了的东西，是这最完善的世界里一个不可少的要素；因为假如哥伦布当初要没有在美洲一个岛上得到这个病，这病一来就侵入了命源，往往妨害传种，因此这分明是反对自然的大目的，但这来我们也就没了朱古力与红色染料了。我们并且还得注意在这大陆上这怪病就像是宗教的纷争，它那传染的地域是划得清的。土耳其人，印度人，日本人，波斯人，中国人，全部不知道有这回事；但是我们也有充分的理由可以相信在近几百年内他们也会轮得着的。同时在我们中间这玩艺进步得非常地快，尤其是在大军队里面，全是诚实的受训练的佣兵，在他们的手里拿着国家的命运：因为我们可以算得定每回这边三万人打那边同样的数目，这里面一边就有两万人光景都是得了怪病了的。"

"啊，这真是了不得！"戆第德说，"可是你总得请医生治。"

"啊，我哪能？"潘葛洛斯说，"我一个子儿都没有，我的朋友，但在这世界上你想放一放血或是什么，你就得付钱，至少得有人替你付钱。"

这几句话给了戆第德一个主意。他跑去跪倒在那慈善的阿那板跟前，把他朋友可怜的情形形容给他听，这来居然感动了他，他立即把潘葛洛斯搬进了他的家，自己花钱请医生来医他。医好了的时候潘葛洛斯只剩一只眼睛，一个耳朵。他笔下来得，算学也极精。阿那板占姆士留了他当管账。过了两个月，他为到立斯朋去料理一些账务，就带了这两位哲学家一同上船。潘葛洛斯解释大道理给他听，比如这世界是完善的，再没有更合适的了。占姆士不同意。

"我看来，"他说，"人类的天性是变坏了的，因为他们生下来并不是狼，但现在变成狼了；上帝并没有给他装二十四磅弹丸的大炮或是锋快的尖刀；但是他们来造炮造刀，为的是要互相杀害。在这盘账里我不仅要把破产全放进去，我也要把法律上的公道一并算，因为它抓住了破产的东西来欺骗债权者。"

"这全是少不了的，"独眼的博士先生说，"因为私人的坏运就是公共的好处，所以私人的坏运愈多，公共的好处愈大。"

他正在发议论，天发黑了，船已快到立斯朋的岸，忽然海上起了最凶险的风浪，把他们的船包了进去。

第五回

这回讲飓风，破船，地震以及潘葛洛斯博士，赣第德，阿那板占姆士的机遇。

在飓风中，船身的狂摇摇昏了半数的船客，因此他们对着当前的危险也失去了知觉。还有那一半船客叫喊着，祷告着。帆全撕了，桅断了，船开了缝。秩序全乱了，谁爱动手就动手，没有人指挥，也没有人听话。阿那板正在甲板上，他就帮了一手；一个野蛮的水手凶凶地扎了他一下，他滚在甲板上躺直了；可是顺着那一下猛击的势道，水手自己头冲上前直翻出了船去，叫一节破桅拦住了没有下水。老实的占姆士爬过去救他，扯了他起来，这一用力他自己闪了下去，那水手眼睁睁地看着他死去，理都没有理会。赣第德跑过去，看着他那恩人在水里浮上来一忽儿就叫水波一口吞下去，更没有回音了。他正想跟着他往水里跳，可是叫哲学家潘葛洛斯给拦住了，他说给他听，这立斯朋（里斯本）海湾是老天为了阿那板要淹死的缘故特地造成的。他正在用演绎的方法证明他的理论，船身沉了；船上人全死了，除了潘葛洛斯，赣第德和那位野蛮的水手，在他的手里我们那好心的阿那板送了命。这坏蛋平安地泅到了岸，一面潘葛洛斯与赣第德叫一条木板给运了过去。

他们恢复了一点力气就望着立斯朋道上走去。他们身上还留着一点钱，他们希冀靠此不至饿死，方才从水里逃了命。刚走到城子的时候，正在互相悲悼他们恩人的丧命，他们觉着地皮在他们脚底下发抖了。海水涨了上来，淹了海口。把所有抛锚着的船打得粉碎。火焰灰烬的龙卷风盖住了街道与公共的地方；屋子往下坍，屋顶一片片飞下地来，地面裂成了窟窿，三万男女老小的居民全叫压一个稀烂，那位水手，吹着口调骂着人，说这火烧场里有落儿。

"这现象的'充分的理由'又是什么呢？"潘葛洛斯说。

"这是最后的一天。"赣第德叫着说。

那水手往火堆里跑，拼死想发财，捡到了钱就往身上揣，有了钱换酒喝，喝一个胡醉，睡饱了醒来就找女人，在烂房子灰堆里凑在死透的与死不透的尸体中间，寻他的快活。潘葛洛斯拉拉他的衣袖。

"朋友，"他说，"这不对呀。你对'普遍的理性'犯了罪；你选的时候太坏了。"

"血光光的去你的！"水手回答，"我是一个水手，生长在白塔维亚的。我到过四次日本，在十字架上踹过四次；狗屁你的'普遍的理性'。"（从前日本人反对耶稣教，不准去通商的外国人登岸，除非在十字架上蹋过，声明这不是他们的教。）

掉下来的石块把赣第德打坏了。他躺在街上，垃圾堆里窝着。

"啊哟！"他对潘葛洛斯说，"给我点儿酒，给我点儿油，我快死了。"

"这地体的震荡是有由来的，"潘葛洛斯回答说，"去年美洲一个地方叫立马城也发了一回抖；同样的因，同样的果；这地底下从立马城到立斯朋一定有一条硫黄线。"

"你的话真近情，"赣第德说，"可是看在上帝面上给我点子油，给我点子酒。"

"什么近情？"哲学家回答，"我说这一点是可以充分证实的。"

赣第德昏了过去，潘葛洛斯到邻近一个水管取了点儿水。下一天他们细细地到灰堆里寻食吃，果然寻着了，吃回了好些力气，以后他们就跟着人相帮救济不曾丧命的居民。有几家他们救着的，给他们在灾难中可能的一顿饱餐；说来固然食品是可怜，用饭的人都和着眼泪水吃面包；但潘葛洛斯安慰他们，对他们说事情是怎样就是怎样，没办法的。

"因为，"他说，"所有发生的事情没有不是顶合适的。如其火山是在立斯朋地方这就不能在别的地方。要事情变回它原来的样是不可能的；因为什么事情都是对的。"

一个穿黑的矮小的男子,"异端裁判所"的一个执法专员,正坐在他旁边,恭敬地接着他的话头说:

"那么先生,你分明不相信'原始的罪孽'了;因为假如这世界上没有不合适的事情,那就说不到什么'堕落'与责罚了。"

"我谦卑地请求你高明的饶恕"(意思是说你话是不对的),潘葛洛斯回答,比他更恭敬的样子,"因为人的堕落与诅咒是这最完善的世界的系统里的成分。"

"先生,"执法员说,"那么你就不信自由?"

"足下还得饶恕,"潘葛洛斯说,"自由与'绝对的必要'是一致的,因为我们应得自由,是必要的;因为,简单说,那确定的意志——"

哲学家话还没有讲完,那执法员示意他的听差,叫他倒上一杯从包妥或是奥包妥来的酒。

第六回

这回讲葡萄牙人怎样举行一个美丽的"异端审判",为的是要防止震灾;怎样赣第德当着大众吃鞭子的刑罚。

在这回地震毁了立斯朋城四分之三以后;国内的贤能筹划预防震灾再来,决议除了给人民一个"异端审判",再没有更切实的办法了;因为按照可因勃拉(科英布拉)大学的意见,用缓火烧死少数的活人,同时举行盛典,是防止地震的一个最灵验的秘密。

因此他们就抓住了一个别斯该(比斯开)人,他犯的罪是与他的"神妈"通奸,两个葡萄牙人,为的是他们不要吃与鸡一同烧的咸肉;在饭后,他们来逮住了潘葛洛斯大博士与他的门徒赣第德,先生犯的罪是发表他的思想,徒弟的罪是用赞美的神情听先生的讲。他们叫人领了去放在隔开的小屋子里,异样地冷,因为从没有阳光晒着的缘故。八天以后他们穿上圣盘尼托的制服(一种宽大的衣服,上面画着火焰,魔鬼,犯人自己的肖像,当时在西葡诸国每经异端审判——Auto-da-fé——

判定死刑后上场时穿的制服。悔罪的犯人穿一样的衣服，只是上面火焰尖头是向下的；此外还有犹太人，妖人，逃兵穿的制服，背后都有圣安得罗士的十字），头上戴着纸折的高帽。赣第德的纸帽与圣盘尼托衣上画着尖头向下的火焰与没有尾及有长爪的魔鬼；但潘葛洛斯的魔鬼们却都是有尾有爪的，并且火焰的尖头都是向上的。他们这样打扮了上街去巡游，听一个惨切的训道，随后就是悠扬的教堂音乐。赣第德吃了皮条，和着教堂里唱诗的音节；那个与神妈通奸的别斯该人和不肯吃咸肉的葡萄牙人都叫一把火烧了；潘葛洛斯是用绳子勒死的，虽则那不是通常的惯例。正当那一天地皮又来了一次最暴烈的震动。

赣第德吓坏了，骇坏了，急坏了，浑身血，浑身发抖，自对自在那里说话。

"假使这果然是所有可能的世界里最好的一个，那么别的世界又常是怎么样的？咳，要是我单就吃了一顿皮条，那我还办得了，因为我上次在保尔加利亚有过我的经验；但是天啊，我的亲爱的潘葛洛斯！你最伟大的哲学家，叫我眼看你叫人生生地勒死，始终不明白为的是什么，这是哪里说起！喔，我的亲爱的阿那板，你最善心的人，也会得在这海口里沉死！喔，句妮宫德姑娘，人间的宝贝！你也会得叫人家把你的肚子拉破！"

他正在昏沉中转念，站也站不直，叫人家教训了，鞭打了，又赦回了，受过保佑了，一个老妇人过来对他说话：

"我的孩子，不要发愁，跟着我来。"

第七回

这回讲那老妇人怎样调护赣第德,以及他怎样会到他的情人。

赣第德并不胆壮,可是跟着那老妇人走到一个破坏的屋子,她给他一瓶油搽他身上的痛创,给他预备下了一张顶干净的小床,床头挂着一身衣服,临走的时候还给他些吃喝的东西。

"吃你的,喝你的,睡你的,"她说,"我们阿托加地方的圣母,派度阿地方的大圣阿当尼,康普司推拉地方的圣占姆士,就会来保佑你。我明天再来。"

赣第德这来真糊涂了,原先他的遭劫来得兀突,这回老女人的慈善更出他的意料,他想吻她的手表示他的感激。

"你该得亲的不是我的手,"老女人说,"我明天再来。你好好搽油养你的伤,吃了就睡。"

赣第德,虽则受了这多的磨折,居然吃了就睡。第二天早上那老女人带早饭来给他吃,看看他的受伤的背,另用一种油膏自动手替他搽了,回头又拿中饭给他吃,晚上又带晚饭给他。再下一天的礼节还是照样。

"你是谁呀?"赣第德说,"为什么你心肠这样好法?叫我如何报答你呢?"

那善女人没有答话,那晚重来的时候没有带晚饭。

"跟着我来,"她说,"不要说话。"

她牵着他的臂膀,领他在乡里走不上一里路光景;他们到了一处孤立的屋子,四周是园圃与水道。老女人在门上轻轻扣了一下,门开了,她带他上一层隐秘的扶梯,进了一间陈设富丽的小屋子。她让他在一张锦缎沙发上坐了,关上门出去了。赣第德自认是在梦里;可不是,他这辈子尽做着怕梦,就只现在这忽儿算是有趣的。

老女人去不多时就回来了,很困难地承着一个身体发颤的女子,遍体亮着珠宝,罩着网巾,模样顶庄严的。

"去了这网巾,"老女人对赣第德说。

年轻人走近来,怪腼腆地伸手给去了网。喔!这刹那间!多离奇呀!他信他见着了句妮宫德姑娘!他真的见着了她!这可不就是她!他再也撑不住了,一句话也说不出口,在她的脚前倒下了。句妮宫德往沙发椅上萎了下去,老女人拿嗅瓶子给他们解晕;他们醒了过来,舌头也能动了。他们吞吞吐吐地说着话,一个问话,一个答话,中间夹杂了不少的叹气,眼泪,哭。老女人嘱付他们低声些，她自己出去了，让他们俩待着。

"什么，这是你吗？"赣第德说，"你活着？我在葡萄牙又见着了你？那么你并没有叫人家强暴？那么你并没有叫人家剖开肚子，潘葛洛斯对我讲的全不是事实？"

"全是的，真有那事。"美丽的句妮宫德说，"但那两件事情却不定是致命的。"

"可是你的爹妈给杀死了没有？"

"可不是他们俩全给杀了，"句妮宫德说，眼里溜着泪。

"你的兄弟呢？"

"我的兄弟也叫人弄死了。"

"那么你怎么会在葡萄牙呢？你又怎么会知道我在此地？你带我到这儿来的一番周折又是多么古怪的主意？"

"慢慢儿让我告诉你，"她回答说，"但是让我先听你的历史，自从你亲了我那一口叫人家把你踢出大门以后。"

赣第德顶尊敬地从命：虽则他还有几分迷惑，虽则他的声音还不免软弱发颤，虽则他的背心上还是痛着，但是他给了她从他们俩分散以后种种情形的一个最磊落的报告。句妮宫德抬起一双眼来向着天；听到那善心的阿那板与潘葛洛斯惨死时直掉眼泪；随后她就回讲她的遭际，赣第德一字不漏地倾听着，瞪着眼要把她整个儿往肚子里咽。

155

第八回

句妮宫德的经历。

"那回上帝的旨意叫保尔加利亚人光降我们快活的森窦顿脱龙克爵第的时候,我还在被窝里睡得好好的;他们把我的父亲与兄弟杀了,把我妈切成了好几块。一个高个儿的保尔加利亚人,够六尺高,就来逮住我动手,这来惊醒了我。我明白是怎么回事,我就哭,我就闹,我就用口咬,我就用手抓,我想一把挖出那高个儿保尔加利亚人的一对眼珠——却不知道这种情形正是打仗的通常行为。那野鬼一生气就拿刀在我左面腰里开了一个口,那一大块伤疤到如今还留着哪。"

"啊,我希望看看那块疤。"老实的赣第德说。

"你有得看的,"句妮宫德说,"可是让我们讲完了再说。"

赣第德说好。

她就接着讲她的故事:

"一个保尔加利亚的军官进来了,见我在血里躺着,高个儿的那个兵还是满不在乎干他的事情。军官气极了，一拉刀就把他杀死在我的身上。他喊人把我的伤包好了，带了我到他营盘里去，当作俘虏看待。我替他洗他的衬衣，替他做菜，他说我极美——还赌咒来着；一面我也得承认他个儿长得不错，皮肤还是顶软顶白的；可是他简直没有什么思想，没有哲学，你一看就知道他从没有受过大博士潘葛洛斯的教育的。在三个月内，他钱也花完了，看我也厌了，他就把我卖给一个犹太人，名字叫童阿刹卡，他是在荷兰与葡萄牙做生意的，贪的就是女人。他顶爱我的身体，他可征服不了它；我抵抗他比我抵抗那保尔加利亚大兵的成绩还强些。一个贞节的女人也许遭着一次的强暴，但她的德性却反因此更加强固了。为要使我降心，他买了这所乡里的屋子。原先我以为什么都比不上森窦顿脱龙克爵第美，但是这来我知道我是错了。

"教会里的大法官，一天在做礼拜时见着了我，盯着我尽看，叫人来通知我说他有秘密话跟我说。有人来领我到他的宫里去，我对他讲了我的历史，他比方给我听，跟一个以色列人是怎样一件失身份的事情。随后他就示意童阿刹卡叫他办移交，童阿刹卡也是有来历的，他借钱给国王，有的是信用，哪里肯听话。大法官恐吓他，说要举行'异端审判'来收拾他。我的犹太主人果然怕了，只得商量一个折中办法，把这所房子与我算是他们俩的公产；归犹太人的是每星期一，三，六，剩下来是归大法官的。自从这个合同以来已经有六个月了。闹也常有，因为他们不能定当从星期六到星期日那一晚是应新法还是从旧法算。至于我自己，到现在为止，谁都没有攻破我的防御线，我心里想也许就为此他们俩都还恋着我。

"后来，为要防止震灾，顺便恫吓他的情敌童阿刹卡起见，我的法官老爷特别举行了一次'异端审判'。他给我参与盛典的荣幸。我的座位很好，太太们在祭礼后执法前的休憩时还有茶点吃。我真的吓得不得了，眼看那两个葡萄牙人被生生的烧死，还有那别斯该人，他犯的罪是和他的神妈通奸；可是等到我发现穿着一身圣盘尼托、戴纸帽的一个人像是潘葛洛斯的时候，我心里那骇，那怕，那急，就不用提了。我揩揩我的眼，我留神看着他，我见他活活地叫人给勒死，我昏了过去。我正醒回来的时候，又见你叫人家剥得精光的，我那一阵的难受，惊惶，奇骇，悲切，急，更不用提了！我对你说，真的，你那皮肤的白，色彩的匀净，更胜如我那保尔加利亚军官。这来我的情感的兴奋可真受不了了。我怪声地喊了出来，要不是我的嗓子倒了，我一定喊一声'停手，你们这些野蛮鬼！'本来我喊也没有用，你身上皮条早已经吃饱了。这是什么回事，我说，我的心爱的赣第德与聪明的潘葛洛斯都会得同在立斯朋城里，一个吃了一百皮条，一个生生地给勒死，而且执法的碰巧又是顶爱恋我的大法官？

"这一急，这一昏，有时出了性像要发疯，有时想顺着我的软弱倒下了完事，我满脑子盘转着我爹我妈我兄弟的惨死，那丑恶的保尔加利亚大兵的强暴,他给我那一刺刀,我在保尔加利亚军官那里的奴辱,我那恶滥的童阿刹卡,我那可恨的法官,大博士潘葛洛斯的非命,你那叫人家打得肠胃翻身,尤其是你与我分散那一天躲在围屏背后给我那一吻。我赞美上帝,因为虽则经受了这许多磨折,他还是把你带回来给我,我就托付那老女人当心调养你的伤,叫他等你稍为好些就带来见我。她各样事情办得顶妥当的;我已经尝到了再见你,再听你讲,再跟你谈话的不可言喻的快活。可是你一定饿了,我自己都瘪坏了,我们吃晚饭吧。"

他们就坐下来吃饭,吃完了仍旧一同坐在沙发椅上;他们正谈着话,童阿刹卡先生到了。那天是犹太人的休息日,童先生回家享受他的权利,进行他的恋爱来了。

第九回

这回讲句妮宫德,赣第德,大法官以及犹太人的下落。

这位童阿刹卡先生是以色列从没有见过的一位肝火最旺的希伯来人,自从在巴比伦被虏以来。

"什么!"他说,"你这加立里人的狗女,那法官还不够你受用?这混蛋也得来一份不成?"说着话他就抽他那成天带着的那柄长刀;他就向赣第德身上直扑,心想他对头是没有凶器;可是我们这位诚实的威士法利亚人正巧有一把漂亮的刀,那是那位老太太给他衣服时候一起给他的。别瞧他文雅,他一动刀,就把以色列人干一个石硬,直挺挺地倒在句妮宫德脚边的坐垫上。

"圣母娘娘!"她叫着,"这怎么得了?我屋子里杀死了一个人!官人们一来,我们哪还有命!"

"潘葛洛斯要是没有叫人家捎死,"赣第德说,"他准会替我们出主意解围,因为他是一个奥妙的哲学家。现在没了他,我们只好去请教那老太太。"

她果然是有主意的,可是她正在发表意见,另一扇小门忽地开了。时候是夜里一点钟,已经是礼拜天的早上。这一天是归我的法官老爷的。他进来了,看见吃鞭子的赣第德,手里提着刀,一个死人躺在地下,句妮宫德吓昏了的样子,老妇人比着手势出主意。

下文是赣第德在这当儿脑袋里转着的念头:

要是这位圣洁的先生喊了帮手进来,他一定把我往火堆里放;句妮宫德也免不了同样遭罪;原先打得我多苦的就是他;他又是我的情敌;我已经开了杀戒,何妨就一路杀下去,一迟疑事情就坏。这理路来得又清楚又快捷;所以他不等那大法官转过气来就动手把他捅一个干脆,叫他赶那犹太先生归天去。

"又是一个!"句妮宫德说,"这来我们再没有生路了,我们叫教会摈弃了,我们的末运到了。你怎么会做得出?你,生性这样温柔,在两分钟内杀了一个犹太人,又干了一个法官!"

"我的美丽的小姑娘,"赣第德回答,"一个人为爱出了性的时候,在法场上受了耻辱又动了妒心,他什么事情做不出来?"

老妇人这时候说话了:

"马棚里现成有三匹安大路辛大马,鞍辔全齐备的,勇敢的赣第德快去抢夺;姑娘有的是钱,珠宝;我们趁早上马走吧,虽则我只能侧着一边屁股坐马;我们一直向卡提市去,这一带是全世界顶好的天气，趁夜凉赶道也是顶有趣的事情。"

赣第德一忽儿就把马鞍上好了，他们三个人，老妇人，句妮宫德，他自己，就上路走，一口气跑了三十里。他们刚走，教会里的职司们就进了屋子；随后那法官老爷埋在一个漂亮的教堂里，童阿刹卡的尸首扔在垃圾堆里。

赣第德，句妮宫德，老妇人三个旅伴不久到了阿伐及那一个小镇上，在西安拉莫莱那的山肚皮里，下面是他们在一家客店里的谈话。

第十回

这回讲赣第德，句妮宫德，老妇人到卡提市狼狈的情形；以及他们上船的情形。

"谁把我的钱我的珠宝全抢跑了？"句妮宫德说，三个人全在眼泪里洗澡，"我们以后怎样过活？我们怎么办呢？哪里还有犹太人、法官们来给我用？"

"啊！"老妇人说，"我私下疑心一个叫葛雷的神父，他昨晚跟我们一齐住在巴达觉斯客寓里的。上帝保佑我不冤枉人，可是他到我们房里来了两次，他动身走也在我们前。"

"啊啊！"赣第德说，"亲爱的潘葛洛斯时常比方给我听，他说这地面上的东西是所有的人们共有的，各人都有平等的权利享用。但是按这原则讲，葛雷神父应得凑给我们一路够用的路费才对。你什么都丢了不成，句妮宫德我的爱人？"

"一个子儿都没了。"她说。

"那叫我们怎么办呢？"赣第德说。

"卖去一匹马嘛，"老妇人回说，"我可以骑在句妮宫德姑娘的后背，虽则我只能一边屁股坐，好在卡提市快到了。"

同客栈住着一个教士，出贱价买了他们的马。他们换了钱就赶路，过了鲁奇那，齐拉市，莱勃立克沙几处地方，最后到了卡提市。一个舰队正在预备出发，军队全到齐了，为的是要讨伐巴拉圭的耶稣会教士，他们犯的罪是煽动圣沙克莱孟德邻近一个土人部落反叛西班牙与葡萄牙的国王。赣第德是曾经在保尔加利亚当过兵的。所以这来他在那小军队的将领面前卖弄他的本事，又大方，又敏捷，又勇敢，结果他得了一个统领一队步兵的差使。这来他做了军官了！他上船带着句妮宫德，老妇人，两个跟班，两匹安大路辛马，原来是葡萄牙大法官的私产。

一路上他们着实讨论可怜的潘葛洛斯的哲学。

"我们现在到新世界去了，"赣第德说，"什么都是合适的情形一定在那边哪。因为我不能不说在我们这世界上讲起自然哲学与道德哲学来都还不免有欠缺的地方。"

"我尽我的心爱你，"句妮宫德说，"但是一想起我亲眼见过亲身尝过的事情不由我的灵魂不吃吓。"

"事情会得合适的，"赣第德回说，"你看这新世界的海已经比我们欧洲的海好：静得多，风也不是乱来的。不错的，这新世界才是所有可能的世界里最好的一个哪。"

"上帝准许，"句妮宫德说，"可是我历来已经骇坏了磨折倒了，我再也提不起心来希冀什么。"

"你抱怨，"老妇人的，"啊啊！你还不知道我当年遭的是什么罪哪。"

句妮宫德几乎笑了出来，心想这位好老太太真好笑，竟以为她有我那样的不幸。"啊啊！"句妮宫德说，"我的好妈妈，除非你曾经叫两个保尔加利亚大兵奸污过，除非你肚子上吃过两大刀，除非你有过两所庄子叫人踩平过，除非你曾经有爹娘在你眼前被割成肉块过，除非你曾经有两个情人在你眼前受刑过，我就不懂得你怎么会比我的运气更坏。再加之我是一个正身男爵的女儿——替人家当过厨娘！"

"姑娘，"老妇人答，"你不知道我的出身；我要是说出来给你听的话，你就不会这样说法，你就不能轻易下按语了。"

这番话引起了句妮宫德与赣第德十二分的好奇心，下面是老妇人对他们讲的话。

第十一回

前两回讲到赣第德杀死了人,偷了马匹,与句妮宫德及老妇人一同亡命,正打算坐海船出去,这时候在客栈专闲谈,老妇人讲她自己的历史给他们俩听。

"我原先并不是这烂眼珠红眼皮的;我的鼻子也并不是老贴着下巴;我更不是当老妈子出身的。我的父亲是罗马教皇乌本十世,生我的娘是巴莱士德列丁那的公主。从小到十四岁年纪,我是在王宫里生长的,这比下来所有你们德国爵士的庄子充马号都嫌不配;我有一件袍子,值的钱就够买你们威士法利亚全省的宝贝。我愈长愈美愈聪明,学会的本事也愈多,我的日子是在快乐,希望与赞美中间过的。年纪虽轻,我已经够叫人颠倒。我的脖子长得有样子,多美一个脖子!又白,又直,比得上梅第雪的维纳斯;还有那眼睛!那眼皮!多黑的眉毛!多亮的光从我那黑眼珠子放射着,天上星星的闪亮都叫掩翳了似的——这番话都是我们那边的诗人对我说的。服侍我的下女们,每回替我穿或是脱衣服,总是着了迷,不论她们是从背后或是面前看我;男子们谁不愿意来当这密甜的差事!

"我定给一个漂亮的卡辣拉的王太子。那位王爷!和我一样美,好脾气,有趣味,谈吐十分地俊,满心亮旺旺的全是热恋。我那时正是情窦初开,我爱极了他——天神般地崇拜他,快活得什么似的。婚礼都经预备了。嫁妆的奢华就不用提了;有种种庆祝的典礼,大宴会,连着做堂戏;全意大利的诗人都做了律诗来恭维我,虽则没有一首是看得过的。我正快爬上幸福的极峰,事情出了岔子,一个年老的伯爵夫人,她先前是那王爷,我的新郎的情人,请他去吃可可茶。不到两个钟头他怪怕人地浑身抽搐着死了。但这还不算一回事。我的娘遭罪也不下于我,这一急她再不能在这倒运的地方待下去,她要出去散散心。她在该塔的地方有一处很好的产业。我们就坐了一个装金的大楼船,那装的金就比得罗马圣彼得教堂的神座。一只沙利来的海贼船瞄着我们下来,逮住了我们。我们带去保护的人救全他们自己性命如同教皇的大兵;他们往地下一跪,丢了手里的兵器,仿佛临死时求上帝似的求那海贼们饶他们不死。

"一忽儿他们全让剥得光光的,像一群猴子;我的娘,我们的宫女,以及我自己也受到同等的待遇。说来人不信,那些先生们剥女人衣服的手段才叫快当。但是最使人惊讶的是他们拿手指插进我们身体上的那一个部分,在一般女性是不容别的家伙进去的——除了管子。我看来这是一种很古怪的礼节；但这是阅历世事不够深的缘故。我到后来才明白那是试验我们有没有藏起钻石一类的珍品。这办法是从古以来就有的，海上经营的文明民族的发明。我听说马尔达岛国上信教的武士们每回逮到了不论男女的土耳其囚犯总不忘记这特别的检查。这是文明国的国际法，谁都得遵从的。

"这来一个年轻的公主和她的娘都变了奴隶叫他们运到非洲摩洛哥去，这说不尽的苦恼你们可以想象，也不用我细说了。在那强盗船上的日子先就够受。我的娘还是顶漂亮的；我们的宫女，甚至我们的下女，也都是全非洲寻不出的精品。至于我自己，我的美艳是迷人的，多玲珑，多秀气，何况我还是个黄花闺女！我的童贞不久就完了；这朵鲜花，原来留着给卡辣拉漂亮的王爷的，这回叫那强盗头主给采了去。他是顶叫人恶心的一个黑鬼，可是他还自以为他恭维了我。我的娘，巴莱士德列丁那的公主，和我自己居然熬得过这一路船上受着的经验，也就够可以的！我们先不讲；这类事情是太平常了不值得提。

"我们到的时候摩洛哥正斗成一片血海。摩雷以色麦尔皇帝的五十个儿子各人有各人的死党；结果是五十派的混战，黑鬼斗黑鬼，全黑鬼斗半黑鬼，半黑鬼斗半黑鬼，杂种鬼斗杂种鬼。这国度里到处都是叫热血给染透了。

"我们一上岸，我们船主的反对派黑鬼就来抢他的买卖的利息。除了金珠宝贝，我们女人就是他最珍贵的东西。我那时亲眼见来的打仗，你们没有出过欧洲的是无从设想的。欧洲的民族的血里没有他们那热，也没有他们要女人的狂淫，在非洲是极平常的。这比下来你们欧洲人的血管里就像只有奶汁；但在阿脱拉斯大山以及邻近一带民族有的是硫酸，烈火。他们打架的凶猛就像是热地上的狮子，老虎，毒蛇，打的目标是谁到手我们这群女人。一个摩尔鬼拉住我娘的右臂，一面我那船主的副手抓了她的左手；一个敌兵绷在她的一只脚，还有一只落在我们一个贼的手里。差不多我们的女人都叫他们这四分四地扭住了狂斗。我的船主把我藏在他的背后，扣着一柄弯形的刀子出了性见谁来抢就干谁。到最后我眼看所有我们意大利的白女人，连着我生身的母亲，都叫那群凶恶的饿鬼给拉烂了，撕碎了，刮破了，一个也不剩。船上带来的奴隶，我的同伴们，带我们来的人，兵士们，水手们，黑的，白的，杂的，最末了轮到我的船主，全给杀死了，我昏迷着躺在死人堆里。这种杀法在三千里路的方圆内每天都有的，但是他们每天谁都记得他们教主制定的五次祷告。

"我好容易从死尸堆里撑了出来，爬到相近一条河的河边上一棵大橘子树底下偎着，吓，羸，慌，昏，饿，压得我半死。不到一忽儿我的知觉全没了，睡着了，其实还是昏迷，不是安息。正在这弱极了无知觉的状态，我觉得有什么东西在我身上动着，压了我。我睁开了我的眼珠，见一个白人，顶体面的，在我身旁叹着气，在牙齿缝里漏着话：'O che Sciagnia d'essece Senza Coglionil！'（多倒运，偏偏我是一个阉子！）"

第十二回

老妇人继续讲她的故事。

"我又高兴又诧异地听到了本乡人的口音,但他说的话却也来得稀奇,我就回答他说世界上事情比他所抱怨的更倒运的多着哩。我简单地告诉了他我受过的惨毒,说完又昏了过去。他把我抱去邻近一家屋子,放我在床上,给我东西吃,伺候我,安慰我,恭维我;他对我说也从没有见过像我这样美的女人,因此他格外懊恼他现在再也没法要回来的本事。

"'我是生长在拿坡里的',他说,'那边每年给阉的孩子就有二三千;好多是叫割死了的,有的长大后嗓子比女人的还好听,也有爬上来做大官的。我倒是割得好好的,从小就派做小礼拜堂的歌童,伺候巴列士德林那的公主娘娘的。'

"'伺候我的妈!'我叫着说。

"'是你的妈',他说着出眼泪了。'什么!说来你就是我管大到六岁的小公主,从小就看出大起来有你这美!'

173

"'正是我；但是我的妈这时候躺在半里路相近的死人堆里，叫人家拉成了四块。'

"我把我的故事全告了他，他也把他的讲给我听；他说他是欧洲一个大国派到摩洛哥来跟他们的土皇帝订条约，事情办妥当了他就带了军火与兵船来帮同推翻别的耶教国的商业。

"'我的事情已经完了'，这个老实的太监说，'我有船到柯达去，我愿意带你回意大利。'

"我带着可怜他的眼泪向他道谢；他可没有带我回意大利，他把我领到阿尔奇亚斯去，卖给了那里的省长。正当那时候流行非洲亚洲欧洲的大瘟疫到了阿尔奇亚斯，凶恶极了的。你见过地震，不错；可是我说，姑娘，你见过大瘟疫没有？"

"没有。"句妮宫德说。

"你要是见过，"老妇人说，"你就得承认瘟疫更比震灾可怕得多。我着了。你想想一个教皇的女儿弄到这不堪的田地，还只十五岁年纪，在不满三个月的时光，受尽了穷苦当奴隶的罪，几乎每天都叫人胡来，眼看她亲生娘叫人分成四块，尝着饥荒跟打仗的恶毒，这时候在阿尔奇亚斯地方着了疫病快死了，你想想！我可没有死，但是我那太监，那省长，差不多阿尔奇亚斯整个的后宫，全死了。

"这大恶疫初度的猖獗刚一过去，省长的奴隶全出卖了；我叫一个做买卖的买了去，带到邱尼斯（突尼斯）地方；他又把我卖给另一个商人，这商人又拿我转卖到脱里波里（黎波里）；从脱里波里又贩卖到亚历山大城，从亚历山大城又到司麦那，又从司麦那到康士但丁（君士坦丁堡）。到完来我算是归了桀尼沙里人的一个阿加，他不久就被派去保守阿速夫地方，那时候正叫俄国人围着。

"这位阿加是够风流的，他把他的后宫整个儿带了走，把我们放在一个临河的小要塞上，留着两个黑阉鬼二十个大兵看着我们。土耳其人打得很凶，杀死了不少俄国人，可是俄国人还是报了仇。阿速夫城叫一把火给毁了，居民全给杀了，男女老小，一概不留；就剩了我们这小要塞没有攻下，敌人打算饿死我们。那二十个桀尼沙里大兵赌下了咒说到死不投降。饿得没法想的时候，他们怕丢脸就吃了那两个黑太监。再等了几天他们立定主意要吃女人了。

"我们这有一个顶虔心顶善心的牧师，他看了这情形，就讲了绝妙的一篇道理，劝告他们不要一起把我们给杀了。

"'只要借用这些娘们每人半爿屁股'，他说，'你们就够吃得饱饱的；你们再要是来不得的话，再过几天你们还有照样的一顿饱饭吃；老天爷一定喜欢你们这慈善事业，包你们有救星。'

"他真会说话；他劝动了他们；我们都叫割成了半尴不尬的。那位大牧师拿油膏给我们敷伤，正如他替割了阴皮的孩子们敷伤一样；结果我们差一点全死了。

"桀尼沙里大兵们这顿美饭还没有用完，俄国人坐了平底船偷渡了过来；一个桀尼沙里人都没有逃走。俄国人又用了我们，全没有管我们的狼狈。幸亏地面上什么地方都有法国外科大夫；一个手段高明的大夫替我们医伤——他治好了我们；我这辈子永不会忘记那位法国大夫，他等我的伤收了口就向我求婚。他叫我们不要不高兴，他说这类事情并不稀奇，围城时候常常有的，并且这是合乎打仗的法律的。

"我的同伴一会走路就被他们带去莫斯科。我被派给一个包亚头，替他看花园，他一天给我二十皮鞭。但我这位贵族在两年内，在俄皇宫里同另外三十个包亚头为争什么，叫车轮子给砸坏了，我就利用那个机会，偷偷地逃了。俄国哪一个地方我都流浪到了，我在列加地方一个小客栈里当了很久的下女，又到斯道克，到维斯马，到兰泊齐，到加索尔，到乌脱辣克脱，到莱屯，到海牙，到洛德大摩，都是当奴才。这样我在苦恼耻辱中过日子，人也渐渐老了，后部只留了半片，心里还是老不忘记我是一个教皇的女儿。有一百来次我想自杀；但我还是贪生。这个可笑的弱点也许是我们人类最糟的特性；你说可笑不，分明这担子你那时都可以摔下，你却还恋恋不舍地死扛着走？怨极了你的际遇却怎么也不肯死？这不就像是紧紧地抱住一条毒蛇，直到它把你的心咬了去？

"在我所经过的许多国度，在我当过下女的许多客栈里，我见过不少不少怨他们命不好的，可是我就知道有八个人，在这么多人里面，居然有志气自杀了的；三个黑鬼，四个英国人，一个德国大学教授名字叫洛贝克的。我最后替那犹太人童阿刹卡当老妈，是他叫我来伺候你的，我的美姑娘。我立定主意跟着你走，我看了你的苦恼，比我自己的苦恼更要难受。要不是你小小地激了我一下，再兼之船上讲故事是有这规矩，我再也不会对你讲我的不幸的。说下来，句妮宫德姑娘，我算是做过人了，我知道世界是怎么回事；所以我劝你自己散散心，听听船上同伴们各人的故事；要是这里面有一个人在他的一辈子不曾咒过又咒过他的命，不曾有一时自认是世界上顶苦恼的一个，我准许你拿我这老婆子头向下地往海里丢了去。"

第十三回

这回讲赣第德怎样被人家逼着离开他的句妮宫德和那老妇人。

美丽的句妮宫德听完了那老妇人的故事,就对她表示敬意,因为她的身份与经历是该得尊敬的。她也听她的话,请求同船的客人们一个个地演说他们的来历;讲完了以后她同赣第德都点头说老妇人的话是不错的。

"最可惜的是,"赣第德说,"我们那圣人潘葛洛斯在'审判会'时冤屈得叫人家给绞死了;他要是在,我们又有机会听他替这造孽世界辩护的一番妙谈,我呢,也可以恭恭敬敬地向他提出几个疑问。"

船上客人们正说着话,船已经走了不少的路。他们到了布宜诺斯艾利斯。句妮宫德,赣第德队长,同那老妇人,一起去拜会当地的省长,他的名字是"童弗南图第贝拉·夷菲哥奥拉·夷马士卡莱纳斯·夷伦普度斯·夷苏杂"。这位贵人有一种神气，正合他那么一大串名字的身份。他对人说话满没有把人看起，自个儿的鼻孔冲着天，拉开嗓子直嚷嚷也不顾人家难受，撑着他那一脸的神气，跷着脚趾儿跨他那得意劲儿的大步，你去招呼他就惹他那待理不理的怪样子，准把你气得什么似的，恨不得当时就痛快地咒他一顿。他看上了句妮宫德的美。他一开口就问她是不是船主的太太。他那问话的神儿就把赣第德吓一个瘪，他不敢说她是他的太太，因为她实在不是他的太太；他又不敢说她是他的姊妹，因为她本不是他的姊妹；这类不得已的撒谎虽则在往古的老前辈们看得并不出奇，在现代人们更是常常用得着，但他实在是太忠厚了，他不能不说实话。

"句妮宫德姑娘。"他说，"已经允许给我和她结婚的荣幸，我们正要请求省长大人的恩典替我们主婚成礼哪。"

"童弗南图第贝拉·夷菲哥奥拉·夷马士卡莱纳斯·夷伦普度斯·夷苏杂"拈着他的卷边胡子，带讥讽地笑着，盼咐赣第德队长去检阅他的队伍。赣第德遵命走了，留下句妮宫德跟省长在一起。省长立即宣布他的热情，说明天就去教堂结婚都成，反正她愿意怎么样就怎么样。句妮宫德求了半点钟的工夫让她想一想，她要同那老妇人商量，看她有什么主意。

老妇人对句妮宫德说这么一番话：

"姑娘，你上祖是有大大的来历的。可是一个子儿都没有；

现在你有机会做南美洲的最大大人物的太太，他不仅有势，并且有顶俏皮的八字胡子。你难道还能自夸你的不容侵犯的贞节？你先叫保尔加利亚的大兵糟蹋过；随后一个犹太人与一个大法官轮流享受你的温柔；生来运气不好还有什么说的。我要是在你的地位的话，我再也不踌躇嫁给那省长，也好叫赣第德队长发财。"

老妇人正在发表她的年岁与阅历所得来的见地，一只小船进了海口，船上来一个法官带着他的警察，为了什么呢，看下文。

老妇人猜得正对，他们逃走那时候在巴达觉斯地方偷句妮宫德的钱和珠宝的正是一个"游方和尚"。他偷了去想卖一点钻石给一个珠宝店掌柜；那掌柜一见就认识是那大法官的东西。那和尚被破了案，在受绞刑前招认了是他做的贼。他也说了那几个失主是怎么样子的人，往哪儿去的。这时候句妮宫德和赣第德的脱逃，官场已经知道。他们追踪到卡提市。马上开了一只船去追。那船已经进了布宜诺斯艾利斯的海口。报告来说是法官就快上岸，他来是为逮捕杀死大法官的凶手。有主意的老妇人马上有了主意，事情应该怎样对付。

"你逃是逃不了的，"她对句妮宫德说，"你也用不着害怕，因为杀人的并不是你；再说爱你的省长大人也不能让你受人家欺负；你待着没有事。"

她赶着跑到赣第德那儿去。

"逃吧,"她说,"要不然在半点钟你就得变成灰。"

不错,要走马上就得走;但他怎么能离得开句妮宫德,再说他往哪儿去躲呢?

第十四回

这回讲赣第德与卡肯波到巴拉圭的情形。

赣第德从卡提市带来一个随身听差,这类人在西班牙沿海以及美洲殖民地一带是常有得碰到的。他是一个四分之一的西班牙人,父亲是杜寇门地方一个杂种;他做过歌童,当过庙里香火,上过海船,住过庙,挑过杂货担,当兵打过仗,最末了当听差。他的名字叫卡肯波,他爱他的主人,因为他的主人是个很好的人。他快快地把那匹安大路辛马给上好了鞍子。

"走吧,主人。咱们就听那老太太的话吧;咱们快走,往前跑,没有错儿,头都不用回。"

赣第德出眼泪了。

"啊,我的亲亲的句妮宫德呀!我一定得丢了你跑不成,好容易这儿的省长已经答应替我们主婚,句妮宫德,你单身在这生疏的地方怎么得了?"

"她自个儿总有办法,"卡肯波说,"女人们永不会没有主意，天帮着她们，我们去我们的吧。"

"那你意思要把我带哪儿去呢？我们上哪儿去好呢？没了句妮宫德我们怎么好？"赣第德说。

"咒他的，"卡肯波说，"你本来是去打天主教徒的；让我们去帮着他们打吧；我道儿熟，我带你去，他们得到你这样一个军官，懂得保尔加利亚兵法的，一定高兴得很哪。你可以发洋财；我们这边儿干不成，就去那边儿试试，愁什么的。单就换个新地方看看，找个新事情做做也就有意思不是？"

"那么你去过巴拉圭的？"赣第德说。

"啊，当然，"卡肯波说，"我做过圣母学院的听差，我知道那些好神父们的政府就和我知道卡提市的街道一样的熟。那政府不坏哩。他们地方有三千里路见方，分成三十个省份；什么东西都归神父们的，平常人什么都没有；这是理性与公道的一个杰作。我也许眼光厌，可是我真佩服那些神父们，他们在这边对西班牙与葡萄牙的国王宣战，回欧洲去又受他们的忏悔；在这边的西班牙人，到马德立特去又送他们上天：我看得高兴，我们快赶路。你去一定快活极了的。那些神父们的快活还用着提，他们一听说，一个懂得保尔加利亚训练的军官来帮着他们！"

他们到了第一个关塞，卡肯波对前锋卫队说有一个军官求见总司令大人。消息传到了卫队本部，立即有一个巴拉圭的军官跑了去跪在总司令面前报告这事情，赣第德与卡肯波叫他们给解除了武装,他们的安大路辛马也叫扣住了。这两位客人叫两排大刀队给夹着送上前去;总司令在那一头待着,脑袋上安着一顶三角帽,袍子一边儿钩着,腰间挂着一口刀,手里拿着一杆传命令的长枪。他手一动,他们俩就叫二十四个大兵给团团围住了。一个军医告诉他们,他们还得等哪,司令官不能跟他们说话,因为神父镇守使不许西班牙人开口,除了在他的跟前,也不让他们在地面上住过三个钟点。

"那么神父镇守使哪儿去了呢?"卡肯波说。

"他才做完了礼拜巡行没有完呢,"军医回答说,"你们要亲着他的马蹄镫还得等上三个钟头。"

"可是,"卡肯波说,"我们的队长并不是西班牙人,他是德国人,他同我都快饿瘪了,我们一边等可否让我们吃点儿早饭?"

军医去把方才的话传给了司令。

"多谢上帝!"司令大人说,"既然他是德国人我就可以见他说话;带他到我的亭子里去。"

赣第德到了一个绝美的亭子,柱子都是金的绿的大理石,配着格子窗,里面养着长尾巴的鹦鹉,叫叫的雀儿,小珠鸡儿,还有各种稀奇的小鸟。早饭已经开好,家具全是金的;正当巴拉圭的本地人在田场叫太阳晒着,用木头碗吃小米饭的时候,神父司令回到他的园子里来休息了。

他是一个很漂亮的年轻人,脸子长得满满的,皮色是白的，只是颜色深了；他的眉毛是弯弯的，眼珠亮亮的，红红的耳，朱砂的口唇，雄纠纠的神气，但那神气既不像西班牙人的又不像天主教徒的。赣第德与卡肯波收回了他们的武器，两匹安大路辛马也回来了；卡肯波就在亭子边拿麦子喂马，眼老瞄着它们为防着万一有意外。

赣第德先跪着亲了司令大人的袍角，然后他们一起坐下来吃早饭。

"说来你倒是一个德国人？"神父用德国话问。

"正是，神父。"赣第德答。

才说着这两句话，他们你看着我我看着你，十分地惊异，表示彼此都受着制止不住的感动。

"你是德国哪一处的人？"神父问。

"我是那龌龊的威士法利亚地方的人，"赣第德说，"生长在森窦顿脱龙克爵第里的。"

"喔，天啊！有这回事吗？"司令官叫了起来。

"真奇极了！"赣第德也喊了。

"真的是你吗？"司令官说。

"不会的吧！"赣第德说。

他们跳了起来；抱做一团；流了无穷的眼泪。

"什么，这是你，神父？你，亲爱的句妮宫德的哥哥！你，你不是叫保尔加利亚人给杀了吗？你，那爵爷的公子！你，在巴拉圭当教士！这世界真是怪了。喔，潘葛洛斯啊，潘葛洛斯！你要是没有叫人家给绞死，今天在这儿够多快活！"

司令官差开了伺候的黑奴以及巴拉圭人等，他人都是站在一旁手捧着水晶杯上蜜酒的。他谢过了天父同圣依格拿雪斯，谢了又谢；把赣第德紧紧地抱着；他们的脸全在泪水里浸着。

"你准备着更使你奇怪，更使你感动，更使你狂喜的消息吧，"赣第德说，"你知道句妮宫德，你的妹妹，你以为她早叫人给拉破了肠子不是，好好地在着呢。"

"哪儿？"

"就在你紧邻，在布宜诺斯艾利斯的省长那里；本来我还带了兵来打你哪。"

他们愈说愈觉着稀奇。他们的灵魂在他们的舌尖上摇着，在他们的耳朵里听着，在他们的眼里亮着。他们是德国人，所以一开谈就完不了，一边等着神父镇守使来，下面是司令官对赣第德说的一番话。

第十五回

这回讲赣第德怎样杀死他亲爱的句妮宫德的哥哥。

"那一个凶恶的日子我永远忘不了,那天我眼看着我的爹娘叫人给杀死,我的妹子叫人糟蹋。等到保尔加利亚人退出的时候,我妹子找不着了;可是我的妈,我的爹,我自己,两个女佣人,三个小孩子,全给他们杀死的,一起装上一辆柩车,运到离我们家二十里路地方,一个罗马教堂去埋葬。一个教士拿点圣水给我们洒上;那味儿咸死了:有几滴掉在我的眼里;那教士看见我眼皮子动了一下;他把他的手按在我的心上,觉得还在跳着。他就救了我,过了三星期我也复原了。你知道,我的亲爱的赣第德,我本来长得美;随后愈长愈美,所以那神父名字叫提得里的,他们那一家子是野蛮出名的,他是那家的家长,就跟我十二分的亲昵;他让我进了教当教士,过了几年把我送到罗马去。罗马的神父长正在招募年轻的天主教士。巴拉圭的长官不愿意西班牙的教士进去;他们宁可要别国的教士因为肯服从他们的号令。神父长看我够格，就把我送到这儿的葡萄园里来做事情。我们动身了——一个波兰人，一个铁洛儿人，我自己。我到了此地，他们封我做教会里的副执事，又给了我一个中尉。我现在是陆军大佐兼牧师。我们正打算好好地招待西班牙国王的军队；我的职务是要在教会里除他们的名，还得把他们打一个烂。天派你来帮助我们。可是你说我的亲妹妹句妮宫德是在布宜诺斯艾利斯，跟着那里的省长，是真的吗？"

赣第德起了誓叫他相信再没有更真确的消息了，他们的眼泪又重新流了一阵。这小爵爷忍不住又抱了抱赣第德，叫他亲兄弟，叫他恩人。

"呵！竟许你我，"他说，"可以一起打胜了敌兵进城去，救我的妹妹句妮宫德。"

"我再不要别的东西了，"赣第德说，"因为我原先就想娶她，我现在还在希望。"

"你这不要脸的！"小爵爷说，"你敢厚脸想娶我的妹子，她的来历你哪够得上？想不到你会荒唐透顶地胆敢在我跟前说出这样的狂想！"

这番话吓呆了赣第德，他回答说：

"神父，贵族不贵族是无所谓的，我把你的妹子从一个犹太人和一个大法官的手里救了出来；她十分地感激我，她情愿嫁给我；我的老师潘葛洛斯常对我说人都是平等的，我一定得娶她。"

"你看着吧,你这光棍!"森窦顿脱龙克爵爷教士说,他一头就拿他的刀背在赣第德的脸上扎了一下。赣第德一回手也拉出了他的刀子,对准了教士先生的肚子捅了进去,直捅到刀柄才住手;但拉出来的时候觉得热烘烘的满是血腥,他又哭了。

"天啊!"他说,"我杀了我的旧主人,我的好朋友,我的大舅爷!我是全世界脾气最好的人,可是我已经杀了三个人,而且两个是牧师。"

卡肯波在园门口把着,跑了过来。

"我们再没有别的办法,除了拼我们的命多捞回一点本,"他的主人对他说,"一忽儿就有人进来,我们怎么也得死。"

卡肯波是饱经风霜的老手,他的头脑没有乱;他剥下了爵爷的教士衣,给赣第德穿上了,又给了他那顶方帽子,扶他骑上了马。这几层手续他在一转眼间就做完了。

"我们快跑,主人,谁都认你是个教士,出去指挥你的军队去的,我们准可以在他们追着我们之前逃出边境。"

他说完了话就打马飞也似的跑了,用西班牙话高声喊着:

"躲开,躲开,神父大佐来了。"

191

第十六回

这回讲他们主仆二人以及两个女子,两只猴子,一群土人叫作奥莱衣昂的,种种情形。

德国教士被害的消息还不曾透露,赣第德和他的听差早已逃过了边界。细心的卡肯波把路上的食粮也给预备下了,什么面包,可可糖,咸肉,水果,酒,满满地装了一大口袋。他们骑着安大路辛的快马向着野地里直冲,路都没了的地方。随后他们到了一块美丽的草地,碧葱葱的有几条小溪流着。我们这两位冒险的旅行家停了下来,喂他们的牲口。卡肯波要他的主人吃一点东西,他自己先做了个样子。

"你怎么能叫我吃咸肉,"赣第德说,"我杀死了爵爷的公子,又从此再也会不到我那美丽的句妮宫德,哪还有心想吃?我再延着我这苦恼的日子有什么好处,离着她远一天,我心里的懊恼也深似一天?再说这要叫德来符报的记者知道了,他又不定要说什么话了。"

他一边申诉着他自己的苦命,他一边尽吃。太阳下山了。忽然间有幽幽的叫声,像是女人的,传到了这两位漫游客的耳朵里。他们说不清这叫声是嚷痛还是快活;可是这来他们心里忐忑地觉着害怕,本来在一个陌生的地方一点子小动静就可以吓唬人的。这叫响的来源是两个裸体的女孩子,她们俩在草地里跳着跑,背后有两个猴儿追着她们,咬她们的屁股。赣第德看得老大的不忍;他在保尔加利亚当兵的时候学过放枪,他本事也够瞧的,他可以打中篱笆上的一颗榛子,不碰动树上的一片叶子,他拿起他的双筒式的西班牙火枪,放了一下,打死了那两个猴子。

"上帝有灵!我的亲爱的卡肯波,我居然把那两个可怜的孩子救出了莫大的危险。要是我杀死一个大法官与一个教士作了孽,这回我救了两个女人的命总也够抵了。她们俩竟许是这一带好人家的姑娘;这来也许于我们还有大大的好处哩。"

他正说得起劲,忽然停住了,他见那两个女孩子紧紧地抱着那两个死猴儿在痛哭,眼泪流得开河似的,高声地嚷嚷,不提有多大的悲伤。

"我正想不到世界上有这样软心肠的人。"他回过来对卡肯波说。卡肯波回答说:

"主人,你这才做下了好事情;你把那两位年轻姑娘的情郎给杀死了。"

"情郎!有这回事吗?你说笑话了,卡肯波,我再也不信！"

"亲主人，"卡肯波说，"你看了什么事情都奇怪。尽有地方猴儿有法子讨女人的欢喜，有什么诧异的；猴儿还不是四分里有一分是人种，正如我四分里有一分是西班牙种。"

"啊啊！"赣第德说，"我记得我的老师潘葛洛斯是对我讲过的，他说从前这类事情常有；什么马身人形的，牛身人形的，羊身人形的一类怪物，就是这么来的；他还说我们老祖宗们都亲眼见过这类东西来的，可是我听的时候只当它完全是怪谈。"

"你现在可明白了不是，"卡肯波说，"那话一点也不假，好多没有受过正式教育的人就这样使唤那些畜生；我怕的是那两位姑娘要耍我们把戏，那可不得了。"

这番有见地的话说动了赣第德，他赶快掉转马头离开了这草原，躲进了一个林子。他和卡肯波用了晚饭；咒过了葡萄牙的大法官，布宜诺斯艾利斯的省长以及新杀死的爵爷，他们俩就倒在草地上睡了。他们醒转来的时候觉得不能动活；因为在半夜里来了一大群那一带的土人叫作奥莱衣昂的，拿住了他们，用树皮做的粗绳子给捆一个坚实，通消息的就是方才那两个女子。他们俩叫五十个一丝不挂的奥莱衣昂给围着，手里拿着弓箭木棍石斧一类的凶器。有几个人正在烧旺着一大锅油，有的在预备一个树条搭成的烤肉架子，大家全嚷着：

"一个教士！一个教士！我们有仇报了，我们可以大大地痛快一下，我们吃了这教士，我们来吃了他下去！"

"我对你说过不是，我的亲主人，"卡肯波哭丧着声音说，"那两位姑娘会耍我们的把戏？"

赣第德一眼瞥见了油锅和树条，也哭着说：

"真糟了，不烧就是烤。啊！潘葛洛斯老师又该说什么了，要是他来见着'纯粹的物性'是怎么做成的？什么事都是对的，也许的，可是我不能不说在我是太难了，丢了句妮宫德姑娘还不算，又得叫奥莱依昂人放上架子去做烧烤吃。"

这回卡肯波的头脑还是没有糊涂。

"不要灰心，"他对颓丧的赣第德说，"我懂得一点这边土人的话，等我来对他们说话。"

"可别弄错了，"赣第德说，"你得好好地比喻给他们听，吃人是怎样一件不人道的事，又是怎样反背耶稣教精神的。"

"诸位先生们，"卡肯波说，"你们自以为你们今天捞到了一个教士，吃饭有了落儿。不错，本来是，再公道也没有了，对付你们仇人是应该这样的。天然的法律吩咐我们杀死我们的街坊，地面上哪儿都按这法儿做。我们要是不惯拿他们当饭吃，那是因为我们有更好的东西哪。你们可没有我们的办法多；那当然，与其让你们的战利品给老鸦老鸹什么治饿，还不如你们自个儿拿来喂馋。可是诸位先生们，你们决不会选你们的朋友吃。你们信以为你们逮住的是一个教士，说来他倒是你们帮忙的人。你们要烧了吃的是你们仇人们的仇人哪。至于我自己，我是生长在这儿的；这位先生是我的主人，他不仅不是一个教士，他方才还亲手杀了一个教士哪，他身上穿的衣服就是那个人的；因此你们闹糊涂了。你们要是还不信，你们可以拿了他这衣服到你们罗马教的邻居的边界上去，那你们就可以知道我的主人有没有杀死了一个教士军官。这用不到多大工夫，你们什么时候都可以吃我们，要是你们查出我是撒谎。但是我说的是实话。你们在公法人道，正义的原则上是十分有研究的，你们不会不宽恕我们。"

奥莱衣昂人听了这篇演说觉得有道理。他们在他们重要人物里面派了两个代表去调查这件事情的真相；他们两位执行了他们的任务，不久带了好消息回来，奥莱衣昂人放开了他们的囚犯，对他们表示种种的礼貌，献女孩子给他们，给他们东西吃，重新领了他们巡行他们的地方，顶高兴地报告给大众：

"他不是个教士！他不是个教士！"

赣第德觉得奇怪极了，为了这个理由他倒恢复了自由。

"多怪的一群人，"他说，"多怪的一群人！多怪的风俗！这样看来，我拿我的刀子捅进句妮宫德姑娘的哥哥的肚子倒是我的运气，要不然我早叫他们吞下去了。但是，话又说回来了，'纯粹的物性'还是善的，因为那群人一经查明我不是教士，不但不再想吃我的肉，反而这样地优待我。"

第十七回

这回讲赣第德主仆二人到了爱耳道莱朵以及他们在那里所遇见的事情。

"你看,"他们到了奥莱衣昂人的边界,卡肯波对赣第德说,"这一边的世界也不见得比别的地方强,我的话一点也不错;我们趁早赶回欧洲去吧。"

"怎么去法呢?"赣第德说,"我们上哪儿去呀?到我的本国?保尔加利人和阿白莱人见到了就杀;到葡萄牙去?叫人家把我活烧死;要是在这儿待着下去,我们哪一个时候都可以叫他们放上架子去做烧烤吃。可是我怎么能下决心丢开我那亲爱的句妮宫德在着的地方呢?

"我们往塞昂一带走吧,"卡肯波说,"那边我们碰得到法国人,他们是漫游全世界;他们会帮助我们;碰我们的运气去吧。"

到塞昂的路不容易走;他们就约略知道应得往哪一个方向

去，但是一路多的是大水高山，强盗野人的种种阻难。他们的马在半路上羸死了。他们的干粮也吃完了；整整的一个月，他们就靠野果子过活，后来寻到了一条小河边，沿岸长着椰果树，这才维持了他们的命，也维持了他们的希望。

卡肯波，他的主意比得上那老妇人，对赣第德说：

"我们再也支撑不住了；我们路走得太多了。我见靠河这边有一只空的小划船；我们来装满一船椰果，上去坐着，顺着水下去；一条河的下游总有人烟的地方。我们这下去就是碰不到合意的事情，我们至少可以换换新鲜。"

"完全赞成，"赣第德说，"我们听天由命吧。"

他们划了几十里路，挨着河边走，有一程花草开得满满的，再一程顶荒凉的；有地方平坦，有地方崎岖。这水愈下去河身愈展宽，到了一个地方，水流进了一个巨大的山洞口，上面山峰直挡着天。他们俩胆也够大的，简直就往急流里直冲了去。这河水流到这儿就像是缩紧了似的，逮住了他们往前闯，飞似的快，那响声就够怕人。这来整整过了二十四小时他们才重见天日，他们那只小木船可早叫岩石墩儿给砸一个碎。他们挨着石块在水里爬着走，走了十里路模样才发现一块大平原，四边叫高不可攀的大山儿给围着。这儿倒是别有天地，什么都收拾得美美的，又适用，又好看，道上亮亮的全是车，式样很好看，坐着的男的女的全是异常地体面，拉车的不是平常的牲口，是一种大个儿的"红羊"，跑得就比安大路辛，台图恩，梅坤尼次一带的名马都来得漂亮，快。

"这才是好地方，"赣第德说，"比咱们的家乡威士法利亚还要强哪。"

他带着卡肯波往最近的一个村庄走。有几个孩子，穿着破锦缎的，在路边玩"饼子戏"。这两位外客觉着好玩，就站住了看。那些饼子都是大个儿的，有红，黄，绿各种颜色，在地上溜着转，直耀眼！他们就捡起几个来看；这一个是黄金的，那一个是翡翠的，还有是红宝石的——顶小的一块就比得上蒙古大皇帝龙床上最大的宝石。

"不用说，"卡肯波说，"这群玩饼子戏的孩子准是这儿国王家里的。"

正说着村庄上的塾师走出来，叫孩子们回书房去。

"瞧，"赣第德说，"那就是国王家的老师。"

孩子们当时就丢开了他们的玩艺，饼子什么丢满了一地，他们全走了。赣第德给捡了起来，追着了那先生，恭恭敬敬地递给他，用种种的表情叫他明白那群小王爷们忘了带走他们的金珠宝贝。那老师，笑了笑，接过去又掷在地下；他看了看赣第德十分诧异似的，又做他的事情去了。

这两位客人也就不客气，把地下的金子，宝石，翡翠，全给收好了。

"我们到了什么地方呀？"赣第德叫着。"这国度里国王的孩子们一定是教得顶好的，你看他们不是连黄金宝石都不

201

看重?"

  卡肯波也觉得诧异。这时候他们走近了村庄上的第一家屋子,盖得就像个欧洲的王宫。有一大群人在门口待着,屋子里更热闹。他们听到顶好听的音乐,也闻到厨房里喷喷的香味儿。卡肯波走上去一听,他们说的秘鲁话;正是他的本乡话,卡肯波本是生长在杜寇门地方的一个村庄上的,那边说的就只是秘鲁土话。

  "这儿我可以替你当翻译,"他对赣第德说,"我们进去吧,这是一个酒馆。"

  一忽儿就有两个堂倌和两个女孩子,身上穿着金丝织的布,头发用丝带绾着的,过来请他们去和屋主人坐在一个桌上用饭。第一道菜是四盘汤,每盘都有一对小鹦哥儿做花饰;第二道是一只清炖大鹰,称重二百磅的;第三道是两只红烧猴子,口味美极了的;再来一盘是三百只小蜂雀,又一盘是六百只珍珠鸟;外加精美的杂菜,异常的面食;盛菜的盘子全是整块大水晶镂成的。末了他们喝甘蔗制成的各种蜜酒。

  和他们一起吃的,很多是做小买卖和赶大车的,都是非常有礼貌的;他们十二分拘谨地问了卡肯波几句话,也十二分和气地回答他的问话。

  饭吃完了,卡肯波与赣第德私下商量这顿饭总够贵的,他们何妨漂亮些就放下两大块他们在道上捡着的金子算数。他们这一付账倒叫屋主人与他的太太哗哗地大笑,手捧着肚子

乐得什么似的。笑完了,屋主人对他们说:

"两位先生,看来你们是初到的生客,我们此地是不常见的;我们忍不住笑是为你们想拿官道上捡来的石块付账,这还得请你们原谅。你们想必没有这边的钱,但是到这屋子里来吃饭是用不着付钱的。我们这里所有为利便商业的旅舍饭馆全是政府花钱的,你们方才吃的饭是极随便的,因为这是个穷的村庄,但是除此以外,你们都可以得到你们应得的待遇了。"

卡肯波把这番话转译给赣第德听,两个人都觉得奇怪极了。

"这究竟是什么地方呀,"他们俩相互地说,"全世界都不知道的一个地方,这边一切事情都跟我们的不一样。也许我们这才找着了'什么都合适'的地方了;因为世界上一定有这么一个地方。不论潘葛洛斯老师怎么说法,我的家乡威士法利亚总不见得合适,事情糟的时候多哪。"

第十八回

这回讲他们在"黄金乡"(El Dorado)地方见着的事情。

卡肯波问那掌柜的这是怎么同事,他回答说:

"我是没有知识的,可是有没有于我也没有关系。你要问事情的话,我们这里乡邻有一个老头,他是一向在内廷做官的,现在告老了,论学问论见识,这国度里谁都赶不上他。"

他就带了卡肯波上老头那里去。赣第德这时候只做了配角,跟了他的当差走。他们进了一所极朴素的屋子,因为那门只是银子做的,天花板只是金子做的,可是配制的式样雅致极了,就比那顶富丽的屋子也不寒碜。前厅,不错,也只用红宝石与翡翠包着,可是各样东西安排得太有心计了,这材料朴素也就觉不出来。

那老头让来客在他的软坑上坐,垫子全是用真蜂雀的小毛儿做的,他吩咐他的当差用钻石的杯子献蜜酒给他们吃;这完了他就说下面这大篇话:

"我今年是一百七十二岁,我从我过世的父亲,他是替国王看马的,听到秘鲁革命的事情,他当初是亲眼见来的。我们现在住着的国度古时节是英喀斯人的地方,他们真不聪明,放着这好地方不住,偏要兴兵出去打仗,结果全叫西班牙人给灭了。

"有几家亲王倒是聪明的,他们老守着乡土不放;他们得到了百姓们的同意,立下了一条法律,从此以后,这国度里的人谁都不许走出境;这才保住了我们的和平与幸福。西班牙人也不知怎么的,把我们这地方叫作"黄金乡":又有一个英国人,他的名字叫华尔德腊雷,在一百年前几乎到了这地方;但是天生这四周围的陡壁高山,我们到今天还得安安地待着,没遭着欧洲人的贪淫,他们就馋死了我们这儿的石片跟砂子,为了那个,他们竟可以把我们这儿的人一个个都弄死了。"

这番话谈得很长:大致是讲他们的政治情形,他们的风俗,他们的妇女,他们的公众娱乐以及各种的艺术。赣第德是对于玄学永远有兴味的,他所以教卡肯波问这边有宗教没有。

老头脸红了一响。

"那怎么着,"他说,"你们还能怀疑吗?难道你们竟把我们看作不近情理的野人吗?"

卡肯波恭敬地问,"这爱耳道莱朵地方行的是什么教?"

老头脸又红了。

"还能有两种教吗?"他说。"我们有的,我信,是全世界的教：我们早晚做礼拜的。"

"你们就拜祷一个上帝吗？"卡肯波说，他还在替赣第德发表他的疑问。"

"那自然，"老头说，"不是两，不是三，也不是四。我不能不说你们外来的人就会问奇离古怪的话。"

赣第德还是要揪着这好好老头问；他要知道本地人祈祷仪式是怎么的。

"我们不向着上帝祈祷，"这位老前辈说，"我们没有什么问他要的；我们要用的他全给了我们，我们就知道对他表示无限的谢意。"

赣第德又想起要看他们的教士，问他们在哪里。那好老头笑了。

"我的朋友，"他说，"我们全是教士。每天早上国王和每家的家长合唱着庄严的谢恩诗，帮腔的乐师有五六千。"

什么！你们就没有教士，管学堂的，讲道理的，掌权的，阴谋捣乱的，乃至专管烧死和他们意见合不上的人们的那群教士？"

"我们又不是发疯，怎么会有那个？"老头说，"我们这里意见没有不一致的，我们简直不明白你们说的教士是什么东西。"

这番话说下来赣第德听得快活极了，他自己忖着说：

"这可比咱们的威士法利亚跟爵爷府大大的不同了。我们的朋友潘葛洛斯要是见着了那爱耳道莱朵,他也是不会得再说森窦顿脱龙克的府邸是地面上最好的地方了。这样看来一个人总得往外游历。"

话讲完了,老头关照预备一辆车和六只羊,另派十二个当差领了他们到王宫里去。

"得请你们原谅,"他说,"如今我的年纪不容我陪着你们玩。国王对你们的招待一定不会使你们不愿意的;果然要是有地方你们觉得不十分喜欢,你们也一定能原谅到这一半是乡土风俗不同的缘故。"

赣第德与卡肯波坐上了车,六只羊就飞快地跑,不到四个钟头,就到了王宫,地处他们京城的那一头。那王宫的大门有二百二十尺高,一百尺宽;可是用什么材料造的,就没有现成的字来形容。反正那些材料比到他们满路的石片和泥砂,我们叫作黄金和宝石的,显然又高出了不知道多少。

他们的车一停下,就有国王女卫队的二十个美丽的姑娘上去接着他们,领他们去洗澡,给他们穿上蜂雀毛织的软袍;这完了就有不少内庭的官长,男的女的都有,领他们到国王的屋子去,两旁排列着乐队,一边有一千。快走到的时候,赣第德问他旁边一个官长,他们进去见了国王应该行什么礼节;该两腿跪着还是肚子贴着地;该一双手放在脑袋的前面还是搭在脑袋的后面;还是该开口舐了地板上的灰;简单说,该行什么礼?

"这儿的规矩,"那官长说,"是抱着国王亲他的两颊。"

赣第德和卡肯波就往国王的颈根上直爬。他十分和气地接待他们,恭敬地请他们吃晚饭。

他们饭前参观城子,看各部衙门的屋子高得直顶着天上的云,市场上的大柱子就够有几千根,喷泉有各色的,有玫瑰水,有甘蔗里榨出的蜜水,不歇地流向方形的大池潭里去,四周满铺着一种异样的宝石,有一股香味闻着像是丁香肉桂的味儿。赣第德要看他们的法庭和国会。他们说他们没有那个,他们从来没有诉讼行为。他又问他们有没有牢狱,他们也说没有。但是最使他惊奇使他高兴的是那个大科学馆,是两千尺宽的一座大宫,满陈列着研究数学和物理的机器。

逛城子逛了一下午,还只看得千分之一,他们又回到王宫去,赣第德坐上国王的宴席,和他的当差,一群女陪客一起吃饭。款待得好是没有说的了,最无比的是国王在席上信口诙谐的风趣。卡肯波把国王的的隽语翻译给赣第德听,虽则是译过一道,他听来还是一样地隽永。他们见到的事情件件都是可惊异的,这国王的谐趣也是一件。

他们在这优渥的王宫里住了一个月。赣第德时常对卡肯波说:

"我说,我的朋友,虽说是我当初出世的爵第比到这里是不成话;但是话说回来,这里可没有句妮宫德姑娘,还有你呢,当然不用说,在欧洲一定也有你的情人。我们住在这里,我们的身份不能比别的人高,但我们要是回我们老家的话,只要有十二条羊拉着这儿爱耳道莱朵的石片,咱们那富就赛得过全欧洲的国王了。"

这话卡肯波也听得进;人类就爱到处漂流,回头到本乡去撑一个资格,吹他们游历时的见闻,他们俩当时也就不愿意再作客了,他们决意求国王的允许准他们回去。

"你们真不聪明,"国王说。"我当然也明白我的国无非是一个小地方,但是一个人要是找着了一个可以安居的地方,他就该住了下来。我没有权利强制留客。那就是专制,我们这儿的习惯和法律都不容许的。人都是自由的。你们要去就去,可是去可不容易。要逆流上去走你们下来那条急湍是不可能的,那河是在山洞里流的,你们会下来就够稀奇。我们四围的山都是一万尺的绝壁;每座山横宽就有好几百里,除了陡壁没有别的路。但是既然你们执意要走,我来吩咐我的工程师,叫他们给造一座机器,送你们平安出境,我们只能送你们到边界,再过去就不行了,因为我们的人民都起了誓永远不离开本国,他们也都知趣,从没有反抗的。此外你们要什么尽管问我要就是。"

"我们也不想求国王什么东西,"赣第德说,"我们只求你给几只羊,替我们拉干粮,再拉些石片和你们道上的泥砂。"

国王打哈哈了。

"我真不明白,"他说,"为什么欧洲人会这样喜欢我们的黄砂，可是你们要尽量拿就是，但愿于你们有用。"

他立即下命令要他的工程师给造一座机器，可以把这两位客人飞送出他们的国境。整两千位大数学家一起来做这件工作；十五天就造得了，所费也不过按他们国里算两千万的金镑。他们把赣第德和卡肯波放上了机器。另外又给放一只大红羊鞍辔什么一应装齐的，预备他们一过山岭到了地上就可以骑，二十只羊满挽上粮食，三十只挽国度里人送他们的古玩礼物，五十只挽金子，钻石以及各色的宝石。国王送别这两位远客，和他们行亲爱的交抱礼。

他们这回走，凭着那巧妙的机关连人连羊一起飞过山，是有意思极了的。那群数学家送他们平安出了境就告辞了回去，这时候赣第德再没有别的愿望，别的念头，他就想拿他的宝贝去送给句妮宫德姑娘。

"现在成了，"他说，"布宜诺斯艾利斯的总督要是准赎句妮宫德姑娘的话，我们就有法子了。我们往塞昂一边走吧。回头我们在路上，看有碰到什么国度可以买过来的。"

第十九回

这回讲他们在苏列那地方的情形以及赣第德怎样认识马丁。

我们这两位游客自从出了爱耳道莱朵,顶称心地过了一天。他们得意极了,因为他们现有的财宝比全欧洲全亚洲全非洲的括在一起还多得多。赣第德一乐就拿小刀子把句妮宫德的名子刻在树皮上。第二天有两只羊走道,一不小心闯进了一个大泥潭,连羊连扛着的宝贝全丢了;再几天又有两只羸死了;又有七八头在沙漠地里饿死了;其余的先后都在陡壁的边沿上闪下去摔死了。总共走了一百天路,单剩下了两头羊没有死。赣第德又有话说了,他对卡肯波说:

"我的朋友,你看这世界上发财是不相干的,一忽儿全都毁了;什么东西都是不坚固的,除了德行以及重见句妮宫德姑娘的快乐。"

"你说的我都同意,"卡肯波说,"可是我们还有两头羊,它们扛着的就够西班牙国王的梦想:我前面望见一个城市,我想是苏列那,荷兰人的地方。我们已经到了我们灾难的尽头,下去就是好运了。"

他们走近城市,见一个黑人直挺挺在地下躺着,身上只穿着半分儿的蓝布小裤;这苦人儿没了一条左腿,一只右手。

"怎么着,朋友,"赣第德用荷兰话说,"你这赤条条地在这儿干什么了?"

"我等着我的主人,那有名的大商人墨尼亚梵头滕豆。"那黑人回答说。

"难道墨尼亚梵头滕豆,"赣第德说,"就这样的待你不成?"

"是呀,先生,"那黑人说,"规矩是这样的,他们每年给我们两回衣服,每回给一条布裤,我们在榨蔗糖的厂子里做事,要是机器逮住了我们的一个手指,他们就把手给砍了去;我们想要逃,他们就斩我们的腿;两件事全轮着了我。你们在欧洲有糖吃,这是我们在这里替你们付的钱。可是那年我妈在几尼亚海边一带拿我卖几十块钱的时候,她还对我说:'我的好孩子,祝福我们的神物,永远崇拜它们;它们保佑你一辈子:你有福气做我们白人老爷的奴隶,你爸你妈的好运就靠着你了。'我不知道我有没有叫他们走运;我可准知道他们没有叫我走运。狗子,猴子,鹦哥,什么畜生都强似我,我比它们还不如啊。荷兰拜物教里的人要我进了教,他们每星期早上总说我们全都是亚丹的子孙——黑的白的一样。我不是研究家谱的专家,但他们说的话要是有根据,那我们还不全是嫡堂的弟兄辈。可还是的,你看,哪有这样的野蛮手段对待自己的家里人?"

"啊,潘葛洛斯!"赣第德说,"先生你绝没有梦见这样的荒谬;这是下流到了底了。我到底还得取消你的乐观主义。"

"什么叫作乐观主义?"卡肯波说。

"唉!"赣第德说,"什么呀,就是什么事情都错了的时侯偏要争说是对的这一种发疯。"

眼瞧着那黑人,他流泪了,一边哭着,他进了苏列那城。

第一件事他们打听的是有没有到布谊诺斯艾利斯地方去的海船。他们找着了一个西班牙的船主,他愿意载他们去,要价也顶公道。他约他们到一家酒店见面,赣第德和他忠心的卡肯波就带了他们的两头羊一起去候着他。

赣第德是肚子里留不住话的,他把他历来冒险的经过全对那西班牙人讲了,他也说明白他这回去意思就在带了句妮宫德姑娘一起逃走。

"那好,我可不送你到布谊诺斯艾利斯去了,"那船家说。"我准叫他们给绞死,你也逃不了。那美丽的句妮宫德正是我们督爷得意的姨太太哪。"

赣第德的晴天里半空爆了一个霹雳:他哭了好一阵子。他把卡肯波拉在一边说话。

"听着,我的好朋友,"他对他说,"这你得帮忙。你我俩口袋里钻石就够有五六百万;你办事情比我麻利得多;你去吧,你去到布宜诺斯艾利斯把句妮宫德带了出来。那总督要是麻烦,就给他一百万;他要是还不肯放她走,再添他一百万;你不比得我,你没有杀死过人,他们不会疑心你的;我在这儿另外去弄一只船,先到威尼市去等着你;那儿是个自由的国家,什么保尔加利亚人,阿白菜人,犹太人,大法官们,全害不着我们了。"

卡肯波赞成这好主意。他本是不愿意离开他的好主人,他们俩倒成了患难中的好朋友;但他终究为帮忙他的大事,也就顾不得暂时的难过了。他们彼此挂眼泪抱了又抱;贛第德又嘱咐他不要忘了那好老婆子。当天卡肯波就动身走了。这卡肯波真是个老实的好人。

贛第德在苏列那又待了几时,要另外觅一个船主带他和他那两头羊到意大利去。他雇了许多当差的,预备了路上应用的一切东西,果然有一个大船的船主叫作墨尼亚梵头滕豆的来和他讲价。

"你一共要多少钱,"贛第德问来的人,"载我一直到威尼斯——我自己,我的当差的,我的行李,我的两头羊?"

那船家讨价一万元。贛第德一口答应。

"喔,喔!"这会打算的梵头滕豆对他自己说,"这位客人出一万元满不在乎似的。他一定是顶有钱的。"

他去一阵子又回来说这条道走得花两万，少了不成。

"好吧，就给你两万。"赣第德说。

"呀！"那船家心里想，"这人给两万就比给十块钱似的爽快。"

他又回去见他，说还不成，到威尼市去总得要三万。赣第德又答应了。

"喔，喔，"那荷兰的船老板又在打主意了，"三万他都满不在乎；他那两头羊身上扛的一定不知值多少哪；咱们不用再提了。先叫他付下了三万现钱；以后再想法子。"

赣第德折卖了两颗小钻石，顶小的那颗还不止那船家要的船价。他先付清了钱，那两头羊运上了大船。赣第德坐了一个小船跟着去上船，那船家得了机会就不含糊，立刻开船，往大海里跑，正好顺风。赣第德，心胆都吊了，昏了，呆了，眼看着那船影子都没了。

"唉！"他说，"这枪花掉得才够格儿哪！"

他只得回头，心里不提多么难受，他这回的损失是足够买二十个国王做。他去找那荷兰的地方官，心里一着急把门又敲得太响了。他进去申诉他的事情，怒冲冲的嗓子又提得太高了。那地方官先治他喧哗的罪，罚他一万；然后他耐心地听他讲，答应他等那船家回来的时候，替他办，又叫他出上一万算是堂费。

这来可真把赣第德呆住了；虽然他身受的灾难尽有比这还

217

难堪的多，可是那地方官和那强盗船家的冷血态度简直气坏了他，闷得他什么似的。人类的丑陋在他的想象中穷形极相地活现了出来，不由得他不悲观抑郁。刚巧这时候他听说有一只法国船快开回保都地方去，好在他羊也没了，宝贝也丢了，就剩轻松松一个身子，就定了一个房间，只花了通常的船价。他传了一个消息出去，要一个老实的人伴着他到欧洲，一切费用归他，另给二千块钱，就有一个条件，他要的是一个最不满意他现在所处的地位，在全城子里运气最坏的人。

一大群的人哄了来愿意跟走，人数的多就不用提，整个的舰队都怕有些装不下。赣第德为认真甄别起见，先指定了约莫二十分之一的来人，看样子都还不讨厌，全都争着求自己中选。他把他们聚在一个客店里，给他们吃一顿饭，他们只要各人起誓从实说他的历史，他一边答应选一个在他听来最应得不满意他现处地位的人，其余他也给相当酬劳。

这餐饭一直坐到早上四点钟。赣第德听完了各人的叙述，倒想起了那老婆子在到布宜诺斯艾利斯去路上对他讲的一番话，她不是说，她可以打赌，同船上没有一个客人不曾遭过大灾难的？他听到一段故事就想起潘葛洛斯。

"这位潘葛洛斯，"他说，"再要解说他的哲学系统一定觉得为难。可惜他不在这儿。看来什么都是合适的地方，除了爱耳道莱朵，这世界上再也没有的了。"

结果他选中了一个穷书生，他在阿姆斯特丹书铺子里做了十年工。他评判下来,这世界上再没有比书铺子更下流的买卖了。

这位哲学家是一个老实人;但是他上了他老婆的当,吃自己儿子的打,末了他女儿跟了一个葡萄牙人丢下他逃了。他新近又丢了他靠着吃饭的一点小职业;他又叫苏列那的牧师们欺负,说他是一个异端。说句公平话,同席的人的苦命至少都比得上他;但是赣第德乐意有一个哲学家做伴,路上有意味些。其余的人都不认服,说赣第德判断不公平,但他给了他们每人一百块钱也就算了。

第二十回

这回讲赣第德和马丁在海道上的事情。

因此这位老哲学家名字叫马丁的就伴着赣第德上船一同到保都去。他们俩各人都见过得多,吃苦也不少;即便这只船是从苏列那绕道好望角到日本去,他们俩也尽有得盘桓,单这道德的与自然的恶的问题就够他们讨论。

可是赣第德有一件事情比马丁强,他这回去有见着句妮宫德姑娘的希望;马丁是什么希望都没有,再说,赣第德有钱有宝,虽则他丢了那一百头羊和它们扛着的无比的宝贝,虽则那荷兰船家的诡计不免叫他发愁,可是他一想起他身上究竟还留下这么多,还有他一提着句妮宫德的名字,尤其在是一餐饭快吃完的时候,他的思想不由地又倾向到潘葛洛斯主义一边去了。

"但是你,马丁兄,"他对那哲学家说,"你看了这情形怎么说?你对于道德的与自然的恶有什么高见?"

"先生，"马丁回说，"我们的教士们把我看作异端，说我是一个苏希宁，其实呢，我是一个曼尼金（苏教派否认恶，曼派并认善恶）。"

"你开玩笑哪，"赣第德说，"现在世界上哪还有曼尼金派的人。"

"我真是的，"马丁说，"我也是没有法子；我的思想只能走这条路。"

"你准叫魔鬼迷着了。"赣第德说。

"他在这世界上关系是不浅，"马丁说，"他或许在我的身上，什么人身上或许都有他；但是说实话，每回我眼看着这世界，说这小圆球儿吧，我不由地心里想，上帝的威灵早就让给了什么魔王。我也当然不算上爱耳道莱朵。就我所知，没有一个城子不希望他邻居城子倒霉，没有一家人家不乐意他邻居人家晦气。虽是那儿没有用的人都咒骂强横的，当面可就弯着脊梁恭维；强横的就拿他们当猪羊似的使唤，可又穿他们的皮，吃他们的肉。全欧洲养着整百万编成队伍的凶手，就为没有更正当的职业，单靠着有训练的杀人掳掠，攒他们的饭吃。就在那些表面上看来安享和平文化发展的城市里，那居民们心窝里的妒忌，烦愁，苦恼就比在一个围城里困着的更凶得多。私下的忧愁才比公众的灾难残忍哪。简单说，按着我眼见过的身受过的，我不能不是一个曼尼金派。"

"话虽这么说，可是好事情总也有。"赣第德说。

"也许有，"马丁说，"可是我不知道。"

他们正争论着，忽然听着一声炮响；炮声越来越大了。他们全拿望远镜看。在三海里外有两条船正斗着。这法国船正顺着风顶对了去，船上人恰好看一个仔细。一条船横穿放了一排炮，平着过去打一个正中，那一条立时就淹了下去。赣第德和马丁看得真切，有一百来人在那往下沉的船面上挤着；他们全举手向着天，高声叫着，不一忽儿全叫海给吞了。

"好，"马丁说，"这就是人们彼此相待的办法。"

"真是的，"赣第德说，"这事情是有点儿丑陋。"

正说着话，他看到一样他也不知是什么，一团红红发亮的，浮着水往这边船过来。他们把救生船放下去看是什么；不是别的，是他的一头羊！赣第德得回这一头羊的乐就比他不见那一百头时的愁大得多。

法国船上的船主不久就查明了那打胜仗的船是西班牙的，沉的那一条是一个荷兰海盗，强抢赣第德的正是他。那光棍骗来的大财就跟着他自己一起淹在无底的海水里，就只那一头羊逃得了命。

"你看，"赣第德对马丁说，"这不是作恶也有受罚的时候。这混蛋的荷兰人才是活该。"

"不错，"马丁说，"可是那船上其余的客人何以也跟着遭灾？上帝罚了那一个混蛋，魔鬼淹了其余的好人。"

这法国船和那西班牙船继续他们的航程，赣第德和马丁也继续他们的谈话。他们连着辩论了十五天，到末了那一天，还是辩不出一个所以然来。可是，成绩虽则没有，他们终究说了话，交换了意见，彼此得到了安慰。赣第德抱着他的羊亲热。

"我既然能重复见你，羊呀，"他说，"我就同样有希望见着我那句妮宫德。"

第二十一回

这回讲赣第德与马丁到了法国沿海。

再过几时他们发现了法国的海岸。

"你到过法国没有,马丁兄?"赣第德说。

"到过,"马丁说,"我到过好几省。有几处人一半是呆的,要不然就是太刁;再有几处人多半是软弱无用,要不然就假作聪明;要说他们一致的地方,他们最主要的职业是恋爱,其次是说人坏话,再次是空口说白话。"

"可是,马丁兄,你见过巴黎没有?"

"我见过。我上面说的各种人都在那里。巴黎是一团乱糟——杂烘烘的一大群,谁都在那儿寻快乐,谁都没有寻着,至少在我看来。我住了几时。我一到就在圣日耳曼的闹市上叫扒儿手把我的家当全给剪了去。我自己倒反叫人家拿了去当贼,在监牢里关了八天,此后我到一家报馆里去当校对,攒了几个钱,先够我回荷兰去,还是自己走路的。那一群弄笔头的宝贝，赶热闹的宝贝，信教发疯的宝贝，我全认得。听说巴黎也尽有文雅的人，我愿意我能相信。"

"我倒并不想看法国，"赣第德说。"在爱耳道莱朵住过一个月以后，在地面上除了句妮宫德姑娘我再也不想看什么了，这话你能信得过不是？我只要到威尼市去候着她。我们从法国走到意大利去。你可以陪着我去吗？"

"当然奉陪，"马丁说，"人家说威尼市就配它们自己的贵族住，可是外面客人去的只要有钱他们也招待得好好的。我是没有钱，你可有，所以我愿意跟着你，周游全球都行。"

"可是你信不信，"赣第德说，"我们这地面原来是一片汪洋，船主那本大书上是这么说的。"

"我一点也不信，"马丁说，"近来出的书全是瞎扯，我什么都不理会。"

"可是这样说来，这世界的造成究竟是为什么了？"赣第德说。

"为苦我们到死。"马丁回说。

"你听了以为奇不奇，"赣第德说，"前天我讲给你听的那两个奥莱衣昂的女子会恋爱两个猴儿？"

"一点也不奇，"马丁说。"我看不出那一类恋爱有什么奇。出奇的事情我见过的太多了，所以我现在见了什么事情都不奇了。"

"那你竟以为，"赣第德说，"人类原来就同今天似的互相残害，他们顶早就是说瞎话的骗子，反叛，忘恩负义的强盗，呆虫，贼，恶棍，馋鬼，醉鬼，吝啬鬼，忌心的，野心的，血腥气的，含血喷人的，荒唐鬼，发疯的，假道学的，傻子，那么乱哄哄的一群吗？"

"你难道不信，"马丁说，"饿鹰见到了鸽子就抓来吃吗？"

"当然是的。"赣第德说。

"那对了，"马丁说，"如其老鹰的脾气始终没有改过，你何以会想到人类会改变他们的呢？"

"喔！"赣第德说，"这分别可大了，因为自由意志——"刚讲到这里，他们船到了保都码头。

第二十二回

这回讲他们在法国的事情。

赣第德在保都没有多逗留,他变卖了爱耳道莱朵带来的几块石子,租好了一辆坚实的马车, 够两人坐的,就动身赶路;他少不了他的哲学家马丁一路上伴着他。他不愿意的就只放弃那一头红羊,他送给保都的科学馆,馆里的人拿来做那年奖金论文的题目,问"为什么这羊的羊毛是红色的?"后来得奖金的是一个北方的大学者,他证明 A 加上 B 减去 C 再用 Z 来分的结果,那羊一定是红的,而且将来死了以后一定会烂。

同时赣第德在道上客寓里碰着的旅伴一个个都说"我们到巴黎去"。这来终于引动了他的热心,也想去看看那有名的都会;好在到威尼市去,过巴黎也不算是太绕道儿。

他从圣马素一边近畿进巴黎城,他几乎疑心他回到了威士法利亚最脏的乡村里去了。

他刚一下客栈,就犯了小病,累出来的。因为他手指上戴着一颗大钻石,客寓里人又见着他行李里有一只奇大奇重的箱子,就有两个大夫亲自来伺候他,不消他吩咐,另有两个帮忙的替他看着汤药。

"我记得,"马丁说,"我上次在巴黎,也曾病来的;我可没有钱,所以什么朋友,当差,大夫,全没有,我病也就好了。"

可是赣第德这吃药放血一忙,病倒转重了。邻近一个教士过来低声下气地求一张做功德的钱票,他自己可以支取的。赣第德不理会他;但那两个帮忙的告诉他说这是时行。他回答说他不是赶时行的人。马丁恨极了,想一把把那教士丢出窗子去。那教士赌咒说他们一定不来收作赣第德。马丁也赌咒说那教士再要捣麻烦他就来收作他。这一闹闹起劲了。马丁一把拧住了他的肩膀,硬撑了他出去;这来闹了大乱子,打了场官司才完事。赣第德病倒好了,他养着的时候有一群人来伴着他吃饭玩。他们一起大赌钱。赣第德心里奇怪为什么好牌从不到他手里去;马丁可一点也不奇怪。

来招呼他的本地人里面有一个叫作卑里高的小法师,一个无事忙的朋友,成天看风色,探消息,会趋奉,厚脸皮,陪笑脸,装殷勤的一路;这般人常在城门口等着外来的乡客,讲些城子里淫秽的事情,领他们去各式各样地寻快活。他先带赣第德和马丁到高迷提剧场去看戏,正演着一出新排的苦戏。赣第德刚巧坐在巴黎几个有名的漂亮人旁边。他还是一样的涕泗滂沱，看到了戏里苦的情节。他旁边一位批评家在休息的时候对他说：

"你的眼泪是枉费了的；那女角是坏极了的；那男角更不成；这戏本比做戏子的更坏。编戏的人不认识半个阿拉伯字，这戏里的情节倒是在阿拉伯地方；况且他又是个没有思想的人；你不信我明天可以带二十册批评他的小书给你看。"

"你们法国有多少戏本，先生？"赣第德问那法师。

"五六千。"

"有这么多！"赣第德说，"有多少是好的？"

"十五六本。"

"有这么多！"马丁说。

赣第德看中了一个演一出无意识的悲剧里伊丽莎白女皇的女伶。

"那个女戏子，"他对马丁说："我喜欢；她那样子有些像句妮宫德姑娘；要是能会着她多好。"

那位卑里高的小法师担任替他介绍。赣第德，他是在德国生长的，问有什么礼节，又问法国人怎样招待英国的王后们。

"那可有分别，"那法师说。"在外省你请她们到饭店里去；在巴黎，她们好看你才恭维她们，死了就拿她们往道上掷了去。"

"拿王后们掷在路上！"

"是真的，"马丁说，"法师说的不错。我在巴黎的时候孟丽姑娘死了。人家简直连平常所谓葬礼都没有给她——因为按例她就该埋在一个丑陋的乞丐们做家的坟园里；她的班子把她独自埋在波贡尼街的转角上，这在她一定是不得舒服，因为她在时她的思想是顶高尚的。"

"那是太野蛮了。"赣第德说。

"那你意思要怎么着？"马丁说，"那班人天生就配那样。哪儿不是矛盾的现象，颠倒的状况——你看看政府，法庭，教会以及这玩笑国家各种的公共把戏，哪儿都是的。"

"听说巴黎人总是笑的，有没有那话？"赣第德说。

"有这回事，"那法师说，"可是并没有意义，因为他们不论抱怨什么总是打着大哈哈的；他们竟可以一路笑着同时干种种极下流的事情。"

"他是谁，"赣第德说，"那头大猪，他把我看了大感动的戏和我喜欢的戏子都说得那样坏？"

"他是一个坏东西，"那法师说，"他是专靠说坏所有的戏和所有的书吃饭的。谁得意他就恨，就比那阉子恨会寻快活的人；他是文学的毒蛇中间的一条，他们的滋养料是脏跟怨毒；他是一个腹利口赖。"

"什么叫作腹利口赖？"赣第德说。

"那是一个专写小册子的——一个弗利朗。"

这番话是他们三人，赣第德、马丁和那卑里高的法师靠在戏园楼梯边一边看散戏人出去时说的。

"我虽则急于要会见句妮宫德姑娘,"赣第德说,"我却也很愿意和克莱龙姑娘吃一餐饭,因为她样子我看很不错。"

那法师可不是能接近克莱龙姑娘的人,她接见的全都是上流社会。

"她今晚已经有约会,"他说,"但是我可以领你到另外一个有身份的女人家里去,你上那儿一去就抵得你在巴黎几年的住。"

赣第德天然是好奇的,就让他领了去,那女人的家是在圣享诺利街的底端。一群人正赌着一局法罗,一打阴沉着脸的赌客各人手里拿着一搭牌。屋子里静得阴沉沉的,押牌的脸上全没有血色,做庄的一脸的急相,那女主人,坐近在那狠心的庄家旁边,闪着一双大野猫眼珠留心着各家加倍和添上的赌注,一边各押客正叠着他的牌;她不许他们让牌边侧露着,态度虽则客气,可是不含糊;她为怕得罪她的主顾不能不勉自镇静,不露一点暴躁。她非得人家叫她巴老利亚克侯爵夫人。她的女儿,才十五岁,亦在押客中间,她看着有人想偷牌作弊就飞眼风报告庄家。那卑里高的法师,赣第德和马丁进了屋子;谁都不站起来,也没有人招呼他们,也没有人望着他们,什么人都专心一意在他的牌上。

"森窦顿脱龙克的爵夫人也还客气些。"赣第德说。

但那法师过去对那侯爵夫人轻轻地说了句话,她就半欠身起来微微地笑着招呼赣第德,对马丁可就拿身份,点了点头;

她给赣第德一个位置一副牌,请他入局,两副牌他就输了五万法郎,接着就兴浓浓地一起吃饭,大家都奇怪他输了这么多却不在意,伺候的都在那儿说:

"今晚咱们家来了一个英国的爵爷呢。"

这餐饭开头是不出声的,那在巴黎是照例的,静过了一阵子就闹,谁都分不清谁的话,再来就说趣话,乏味的多,新闻,假的多,理论,不通的多,再掺点儿政谈,夹上许多的缺德话;他们也讨论新出的书。

"你有没有看过,"那卑里高的法师说,"西安顾侠那神学博士的小说?"

"看了,"客人里有一个回答,"可是我怎么也不能往下看。我们有的是笨书,可是拿它们全放在一起都还赶不上那'神学博士顾侠'的厚脸。我是叫我们新出潮水似的多的坏书给烦透了,真没法子想才来押牌消遣的。"

"那么那副监督德鲁勃莱的《梅朗艳》呢,你看得如何?"那法师说。

"啊!"那侯爵夫人说,"他烦死我了!他老是拿谁都知道的事情翻来覆去地尽说!分明连轻轻一提都不值的事儿,他偏来长章大篇地发议论!自己没有幽默,他偏来借用旁人的幽默!他简直连偷都不会,原来好好的,都让他弄糟了!他真看得我厌烦死了!他以后可再也烦不着我——那副监督的书,念上几页就够你受的。"

席上有一位博学鸿儒，他赞成侯爵夫人的话。他们又讲到悲剧，那位夫人问有没有这样的戏，做是做过的，剧本可是不能念的。那位博学鸿儒说有这回事，一本东西尽可以有相当的趣味，可是几乎完全没有价值；他说写戏不仅来几段平常小说里常见的情节可以触动观众就算成功，要紧的是要新奇而不怪僻，要宏壮而永远不失自然，要懂得人心的变幻，使它在相当的境地有相当的表现；写的人自己是大诗人，却不能让他戏里的人物看出诗人的样子；要完全能运用文字——要纯粹，要通体匀净，要顾到音节，却不害及意义。"

"尽有人，"他接着说，"不顾着上面说的条件，也能编成受观众欢迎的戏，可是他那著作家的身份总是看不高的。真好的悲剧是少极了的，有的只是长诗编成对话，写得好，韵脚用得好，此外都是听听叫人瞌睡的政治议论，否则竟是平铺直叙一类最招厌的；再有就是体裁极丑的怖梦，前后不相呼应颠三倒四的，再加之累篇对神道的废话，无聊的格言，浮夸的滥调。"

赣第德用心听这番议论，十分佩服这位先生，他正坐在侯爵夫人的旁边，就靠过身子去问她，这位议论风生的先生是谁。

"他是一个学者，"她说，"那法师常带他来这儿，他可不押牌；剧本跟书他都熟，他写过一本戏，演的时候叫人家捅了回去，又写了一本书，除了他的书铺子灰堆里以外谁都没有见过,我这儿倒有一本他亲笔题给我的。"

"大人物!"赣第德说,"他是又一个潘葛洛斯!"

他转过身去问他说:

"先生,那么你对这世界的观察,道德方面以及物理方面,一定以为一切都是安排得好好的,事情是怎么样就怎么样,绝不能有第二个样子?"

"你说我,先生!"那学者回说,"你说的我简直不明白;我的经验是什么事都跟我别扭似的,我的经验是谁都不认识他自己的身份,也不知道他自己的地位,他在做什么,他该做什么,全不明白;我的经验是除了吃夜饭,那倒总是开心的,彼此意见也还一致,此外的时光简直全是不相干的闹;这派对那派闹,国会和教会闹,文人和文人闹,窑姐跟窑姐斗,有财势的和普通百姓闹,太太们跟老爷们闹,亲戚们跟亲戚们吵——这简直是无穷尽的战争呢。"

"顶顶坏的我都见过,"赣第德回说,"但有一位有识见的前辈,他早几年不幸叫人家给绞死了,曾经教给我说这世上什么事都是合适极了的;你说的那些情形只是一幅好看的画上的阴影。"

"你那绞死的朋友,他挖苦这世界哪,"马丁说,"影子正是怕人的污点。"

"弄上污点去的都是人们自己,"赣第德说,"他们可又是不能少的。"

"那么不是他们的错处。"马丁说。

其余的赌客全听不懂他们的话,各自喝他们的酒,一边马丁和那学者还在辩论着,赣第德讲他的冒险给那侯爵夫人听。

吃完了晚饭侯爵夫人领赣第德到她的暖室里去,叫他坐在一张沙发上。

"啊,好的!"她对他说,"所以你爱定那森窦顿脱龙克的句妮宫德姑娘了。"

"是的,夫人。"赣第德回答。

那侯爵夫人软迷迷地对他笑着说:

"单听你这句话就知道你这年轻人是德国来的。要是一个法国人,他就说'我从前是爱过句妮宫德姑娘,不错,可是一见了你,夫人,我想我不再爱她了'。"

"啊啊,夫人!"赣第德说,"那我就按你的话回答你就是。"

"你对她的一番热,"侯爵夫人说,"开头是替她捡一块手帕。我愿意你也替我捡起我的袜带。"

"十二分的愿意。"赣第德说,他捡起了袜带。

"但是我还想你给我套了上去。"夫人说。

赣第德替她套上了。

"你看,"她说,"你终究是一个外来的客。我有时叫我巴黎的恋人颠倒到半月之久,但是我今晚初次见面就给了你,因为我们总得对威士法利亚来的年轻人表示敬意。"

237

"那夫人早看着客人手指上两块奇大的钻石，她就极口地称羡，结果都从赣第德的手上移到她的手上去了。"

赣第德跟那小法师一起回去，心里有些懊悔因为不该对句妮宫德姑娘这样的不忠心。那法师对他表示同情，安慰着他；他只到手了那赌局上的五万法郎的一个回扣，还有那两颗半给半抢的钻石，他也有点儿好处。他的计划是尽情极性地占他这位新朋友的光。他常提着句妮宫德姑娘；赣第德告诉他，他这回到威尼市去见着她的时候，还得求她饶恕他这回的亏心事。

那小法师益发加倍他的敬礼，伺候益发周到，赣第德说什么，做什么，要什么，他都表示十二分的体己。

"那么这样说来，先生，你还得到威尼市去一趟哩？"

"可不是，法师先生，"赣第德说。"我怎么也得去会我的句妮宫德姑娘。"

这一打动他的心事他更高兴了，索性把他和那美姑娘的情史讲给那法师听。

"我想，"那法师说，"这位姑娘一定是极有风趣，她一定写得好信。"

"我却从没有收到过她的信，"赣第德说，"因为我上次从那爵第里出来就是为她，我一直就没有机会和她通过信。不久我就听着她死了；后来我又找着了她，没有死；后来又把她丢了；最后我送了一封快信到她那里去，离这里够三万里路，我正等着她的回信哪。"

那法师悉心地听他讲，阴迟迟的仿佛是在想什么心事。他一忽儿就告辞了他这两个外国朋友，表情十二分地亲密。第二天赣第德醒过来的时候收到了这样一封信——

"我的至亲的爱，我在这城子里已经病倒有八天了。我听说你也在此。我飞也飞到你的怀抱里来了，只要我能活动。我知道你也是从保都来的，我来的时候我把忠心的卡肯波和那老女人留在那里，我自己先赶来，他们隔一天就跟着来。布宜诺斯艾利斯的总督把我所有的东西全拿了去，可是我还留着我的心给你。来吧！你来不是给我命，就叫我快活死。"

这欢喜的消息，这封出乎意料的信，乐得赣第德登仙似的，但他一想起他的情人的病又不禁满心地忧愁。这一喜一悲害得他主意都没了，他立刻带了他的金子宝贝和马丁匆匆出门，到句妮宫德姑娘住着的客栈里去。他走进她的房间，浑身抖抖的，心跳跳的，声音里带着哭，他过去拉开床上的帐子，要个亮来看看。

"请你小心些，"那女仆说，"她不能见光。"她立刻把床帐又拉拢了。

"我的亲爱的句妮宫德，"赣第德说，眼里流着泪，"你怎么了？你即使不能让我看你，你至少得跟我说话。"

"她不能说话。"那女仆说。

帐子里伸出了一只肥肥的手来，赣第德捧住了用眼泪来把它洗一个透，掏出钻石来装满了她一手，又把一口袋的金子放在床边一张便椅上。

他正在神昏颠倒的时候，进房来了一个官长，后面跟着那小法师和一排兵。

"在这儿了，"他说，"那两个犯嫌疑的外国人。"他就吩咐带来的兵抓住了他们往监牢里送。

"爱耳道莱朵不是这样招待客人的。"赣第德说。

"我越发是个曼尼金了。"马丁说。

"但是请问，先生，你把我们带到哪里去？"赣第德说。

"牢监里去。"那官长回说。

马丁稍微镇定了些，就料定床上装句妮宫德的是个骗子，那卑里高的法师是一个混蛋，他成心欺侮赣第德的老实，还有那官长也是一个光棍，说不定几句话就可以把他说倒的。

赣第德听了马丁的话，心里急着要见真的句妮宫德，不愿意到法庭上去打官司，他就对那官长说要是放了他就给他三颗钻石，每颗值三千。

"啊，先生，"带象牙徽章的那个人说，"随你犯了多多少少的罪，我看来你还是好人。三颗金刚钻！每颗值三千！先生，我非但不送你到牢监里去，我真愿意性命都不要了效劳你哪。政府是有命令要拿所有的外国人，可是我有办法。我有一个兄弟在诺孟地（诺曼底）的海口地埃伯（迪耶普）。我领你上那儿去，只要你再能给他一颗钻石，他一定和我一样殷勤地保护你。"

"但是为什么，"赣第德说，"所有的外国人都要捉？"

"为的是，"那卑里高的法师插嘴替代说话了，"为的是阿都洼地方一个穷要饭的听信了瞎话。他上了当把他的君长给杀了，那不是一六一〇年五月一类的事情，那是一五九四年十二月一类的事情，那是其余在别的年份别的月份别的穷鬼听了别的瞎话闯下的一类的事情。"

那官长又替那法师下了注解。

"啊，什么鬼怪！"赣第德喊说，"看这几个人跳跳唱唱的，原来有这么多的鬼！这猴子逗着老虎生气的地方真烦死了我，难道就没有法儿快快地走了出去？我在我自己地方没有见过狗熊，但是真的人我哪儿都没有见过，除了爱耳道莱朵地方。天保佑，先生，快领我到威尼市去，也好让我见我的句妮宫德姑娘。"

"我至多只能带你到诺孟地的南部。"那官长说。

他立刻叫人把手铐给去了，自己认了错，遣开了他带来的人，带了赣第德和马一起动身到地埃伯去，到了就把他们交给他的兄弟。

正巧有一只荷兰船要开。那位诺孟地朋友，有了三颗钻石，伺候得万分周到，把他们放上了一只船，那是开往英国保德茅斯（朴茨茅斯）的。

这不是到威尼市的路，但是赣第德心想先躲开了这地狱再说，不久总有机会到他的目的地去。

第二十三回

这回讲赣第德同马丁在英国靠了岸以后所见的情形。

"啊,潘葛洛斯!潘葛洛斯!啊,马丁!马丁!啊,我的亲爱的句妮宫德,这世界到底是怎么一回事?"赣第德在那荷兰船上说。

"是又蠢又恶的一样东西。"马丁说。

"你知道英国不?英国人是不是同法国人一样地蠢?"

"他们是另外一种蠢法,"马丁说,"你知道这两个国在加拿大为几亩冰雪地正打着仗,他们打仗花的钱就比加拿大本身值得多。说准确一点,你要问我他们哪一国里有更多的人应该送进疯人院,我其实是知识太浅陋,决断不下来。我就大概知道我们快到的地方的人多是阴沉沉有郁症似的。"

他们正讲着话,船已经到了保德茅斯。沿岸排列着一群群的人,眼睛全瞅着一个好好的人,他那一双眼包着,跪在海口里一艘军舰上。四个大兵对着这个人站着;每人对准他的脑袋发了三

243

枪，态度的镇静到了极点；围着看的人就散了去，全都满意了。

"这是怎么了？"戆第德说，"在这个国度里得势的又是什么魔鬼？"

他就问方才用那么大的礼节弄死的那个体面人是谁。他们回答，他是一个海军大将。

"为什么杀这个海军大将？"

"因为他自己杀人杀太少了。他同一个法国的海军大将开仗；他们查出来说他离着他的敌人欠近。"

"但是，"戆第德说，"那法国的海军大将不是离着他也一样的远吗？"

"当然，但是在这一边，他们的经验是过了几时总该杀个把海军大将，好叫其余的起劲。"

戆第德这一看一听下来心里直发颤，他再也不愿意上岸，他就和那荷兰船主（就让他再吃一次苏列那船主的亏他都不怨）商量要他一直就带他到威尼市去。

那船过了两天就开了。他们沿着法国海岸走；路过望得见立斯朋，戆第德直发抖。他们过了海岛，进了地中海。临了在威尼市上了岸。

"上帝有灵光！"戆第德说，紧抱着马丁。"这才到了我的地方，我可以重见我那美丽的句妮宫德了。我信托卡肯波和信托我自己一样。什么都是合适的，什么都要合适的，什么事情都是再好没有的。"

第二十四回

这回讲巴圭德和修道僧杰洛佛理。

他们一到了威尼港，赣第德就去寻卡肯波，什么客店，什么咖啡馆，什么窑子，他都去了，可都没有找着。他又每天派人去进港口的船上查问。但是卡肯波的消息一点也没有。

"怎么！"他对马丁说，"我一边从苏列那走海路到保都，又从保都到巴黎，又从巴黎到地挨伯，又从地挨伯到保德茅斯，又绕着西班牙和葡萄牙的海岸，走了大半个地中海，过了这好几个月，怎么，我那美丽的句妮宫德还没有到这儿！她没有见着，我倒见着了一个巴黎婊子和一个卑里高的法师。句妮宫德一定是死了，我也再没有路了，除了死。唉！何必呢，早知如此，何不就在爱耳道莱朵的天堂里待着，回到这倒霉的欧洲来干什么了！你的话是对的，马丁，哪儿哪儿都是苦恼，都是做梦。"

他又犯忧郁病了，他不去听戏，也不到跳舞场去散心；简

245

直什么女人都打不动他。

"你的脑袋实在真是简单,"马丁对他说,"要是你会相信一个杂种的听差,口袋里放着五六百万的现金,会跑到地球的那一头去寻着你的情人,还会带了她到威尼市来见你。他要是找着了她,他不会留了给自己;要是找不着她,他不会另外去弄一个,我劝你忘记了你的贵当差卡肯波及你的贵相知句妮宫德吧。"

马丁的话也不是安慰。赣第德忧郁更加深了;马丁还劝着他说,这世界上本来没有多少德行的快药,也许爱耳道莱朵是例外,但是那边又是进不去的。

他们正在闷着等消息的时候,赣第德一天在圣马克的方场上,见一个年轻的"梯亚丁"修道僧人手臂上挽着一个姑娘。那梯亚丁脸上气色极好,又胖,又精神;他的眼亮着发光,他的神气十分地有傲慢,样子也高傲,脚步也潇洒。那姑娘长得也美,她口里唱着;她俏眼玲玲地瞅着她的梯亚丁,还不时用手去扯他的胖脸子。

"至少你得承认,"赣第德对马丁说,"这两个人是快活的。以前我碰着的人没有一个不是倒运的,除了在爱耳道莱朵;但是眼前这一对,我敢和你赌东道,他们俩是快活的。"

"我赌他们是不快活的。"

"我们只要请他们来吃饭,"赣第德说,"就可以知道谁看得对。"

他就过去招呼他们，介绍自己，说了些客气话，请他们到他的客店里去吃麦古龙尼面条，朗巴的野味，俄国的鱼子，喝孟代，格利士底，雪泼洛斯，沙摩士各种的名酒。那姑娘脸红了，那男人答应了，女的也就跟着他，眼看着赣第德，样子又疑又惊的，眼里掉了几点泪水。刚一走进赣第德的房间她就叫了出来：

"啊！赣第德先生不认识巴圭德了。"

赣第德还不曾留心看过她，他的思想完全是在句妮宫德身上；但是她一说话他就想起来了。

"啊！"他说，"我的可怜的孩子，还不是为了你那潘葛洛斯博士才倒了他的八辈子的运？"

"唉！正是为了我，先生，真的是，"巴圭德回说。"看来你所有的情形全知道了，我也曾听说我那男爵夫人一家子怕人的灾难，还有那句妮宫德姑娘的苦恼。你信不信我的命运也不见得比她的强。你认识我的时候我还是一个好好的孩子。一个灰袍的游方僧，我在他手里忏悔的，轻易就骗我上了当。下文就惨得怕人。自从你叫那爵爷几腿踢出府门以后，我不久也就脱离了那府第。我那时早就死了要不是碰着一个有名的外科医生。我做了几时他的姨太太，就为报他的恩。他的太太吃醋吃狠了就每天死命地打我，她是一团的火。那医生是最丑的一个男人，我是最倒霉的一个女人，为了他我每天挨打，我又不爱他。你知道，先生，一个坏脾气的女人嫁给一个医生是一件多么危险的事情。他看了他太太的狠劲也发了火,一天她伤了风,他就给她一点药吃,灵极了的,不到两个钟头她就死了,抽搐得怪怕人的。他太太的娘家要办他;他逃了,我叫人家关在牢里。我本来是无罪的,但救命还亏着我模样长得好。那法官放了我,条件是他继承那医生的权利。我的位置不久又叫另一个女人给抢了去,我又做了流落的穷鬼,没法子再当这不是人做的职业,这在你们男子看来只是开心,在我们女人自己简直是地狱的末一层。我到威尼市来还是干这个事情。啊,先生,你想想看,不论是谁来我一样得敷衍,得抱着装亲热,他许是一个老掌柜的,一个管告状的,一个和尚,一个撑船的,一个小法师,什么羞,什么辱都得承受;有时穷得连裙子都得问人借,穿上了还不是又叫一个讨厌男人给撩了起来;好容易从这个人身上攒了一点钱轻易又叫另一个给抢了去;平常还得受警察一路人的压迫,需索;前途望过去就只一个丑恶的老年纪,一个医院,一个荒坟;你替我这样一想,你看我是不是要算这世界上顶苦恼的人们里的一个。"巴圭德这一番呕心的话,当着马丁面,说给赣第德听,说完了,马丁就对他的朋友说:

"你瞧,我的东道是不是一半已经赢了。"

杰洛佛理在饭厅里等饭吃,先喝了一两杯酒。

"可是,"赣第德对巴圭德说,"我见你的时候你那样子看来顶开心,顶满足:你口里唱着调儿,偎着那梯亚丁多亲热的样子，我正以为你是快活人，谁知听你讲下来正是相反。"

"啊，先生，"巴圭德回说，"这正是我们这项生意的一种特别苦恼。昨天我叫一个法警抢了钱去，还挨了他的打；可是今天我一样还得装着笑脸讨好一个游方僧。"

赣第德不再往下问了，他承认马丁是对的。他们坐下来一起吃饭；饭菜不坏；他们越谈越知己，彼此随便说话。

"神父，"赣第德对那和尚说，"我看你的样子真幸福，谁都得羡慕你；健康的鲜花在你的脸上亮着，从你的表情看出你心里的快活；你有一个顶美的女孩子替你解闷，想来你对于你的地位也是顶满意的。"

"有你的话，先生，"杰洛佛理说，"我但愿所有的梯亚丁都沉到海底里去。有好几百回我恨极了，想放把火烧了那道院，自己跑了去做'偷克'（土耳其人）完事。我的爹娘逼着我十五岁那年就穿上了这身讨厌的衣服，为的是替一个倒运的哥哥多赚一份钱。住在道院里的是妒忌，分歧，暴烈。当然我也曾训过几次不通的道，赚到手一点小钱，一半叫方丈偷了去，另一半津贴我维持我的女人们；但是到晚上我回到院里，我真恨不得一头在墙壁上碰死了去；我的同事也都是一样的情形。"

马丁转身向着赣第德，还是他平常那冷冷的态度。

"好了，"他说，"东道不全是我赢了？"

赣第德给了巴圭德一千块钱，杰洛佛理一千。

"我敢说,"他说,"有了这钱他们可以快活了。"

"我一点也不信,"马丁说,"你给了他们这点儿钱,也许帮着他们更苦恼一点。"

"管他将来是怎么样,"赣第德说,"只是一件事情我高兴。我们不是常碰着我们想来再也碰不到的人;所以,也许,正如我碰着我那红羊和巴圭德,我也有机会碰着句妮宫德。"

"我但愿,"马丁说,"她有一天能使你快活;可是我十分地怀疑。"

"你真什么事都信不过。"赣第德说。

"我做过人了。"马丁说。

"你看那些撑船的人,"赣第德说,"他们不是老唱着吗?"

"你看不见他们,"马丁说,"在家里跟他们的老婆和一群孩子时候的样子。威尼市的总裁有他的烦恼,船上人也有他们的。仔细想下来,当然,撑一只江朵利的生活比做总裁的要好;但是我看来这分别也够细的,值不得研究。

"常听人说起,"赣第德说,"那位巴郭元老,他住在白能塔岛上那大楼里,他接待外宾据说是最殷勤的。他们说这个人一辈子不曾有过什么不痛快。"

"我倒要去看看这样一个奇人。"马丁说。

赣第德立即派人去求那议长爵主准许他们下一天去拜会他。

第二十五回

这回讲他们去拜会一个威尼市的贵族。

赣第德同马丁在白能塔岛上坐了一只江朵利；到了那高贵的巴郭先生的府第。他的花园布置得十分有心胸，装着有不少美的白石的雕像。那府第造得也极美观。府主人是一位六十老人，顶有钱的。他接待他们的神情是一种谦恭的冷淡，赣第德心里就不愿意，但他对于马丁却一点也不嫌。

先出来是两个美貌的女子，穿着顶清趣的，端上可可茶来敬客，味道调得适口极了。赣第德不能不夸奖他们的相貌，风姿，态度。

"她们的确是还不坏，"那元老说。"我有时叫她们陪我睡，因为镇上那一群娘们真叫人烦，她们那妖娆相，她们那醋劲儿，她们那斗劲儿，她们那幽默，她们那小气，她们那骄相，她们那蠢相，你还得写律诗去恭维她们，真叫人烦。但是，话说回来，这两个孩子我也有点儿厌了。"

吃过了早饭，赣第德走到廊子里去，发现挂着不少绝美的名画。他问头上这两张是哪一家画的。

"是拉斐尔画的，"那元老说。"我出了大价钱买来的，为争面子，有几年了。据说要算是意大利最好的东西了，但是我一点也不喜欢。那颜色太黑，人物也修得不够灵活，线条也不够明显；那衣褶看去一点也不像软料。简单说，随你怎么看，我在这张画上看不出一些真的自然的模仿。我爱的一类画是我看了就比是见着自然本身；这几幅画全不对。我画有不少，但是我并不看重。"

下午巴郭召集了一个音乐会。赣第德很喜欢那音乐。

"这闹，"那元老说，"就有半个钟头可听；可是时候再一长，谁都听了烦，虽则有人口上不说。音乐，在今天，只是演奏烦难调子的艺术，可是单只难的东西绝不能长久叫人欢喜。我也许会喜欢奥配拉，要是他们不曾把它弄成这怕人的怪东西。你不信去看，几本坏戏拿音乐给谱上，那些布景唯一的目的就只添上点儿花样，出来几个角儿唱三两支不伦不类的歌，卖弄一个女伶的嗓子。要不然就是阉子似的宝贝在台上不伶不俐地摆着，算是西撒，或是卡朵。自然尽有爱看这类戏的人，尽有得意得什么似的哪。至于我，可早就放弃这一类卑劣的娱乐，那还算是近代意大利的光荣，各国的君主还出了大价钱来买着看哪。"

赣第德关于这一点辩了几句，可也顶见机的。马丁完全和元老一边。

他们坐下来吃饭，吃完了一餐极漂亮的饭，他们走进书房里去。赣第德见有一本《荷马》装订得极美，他就极口夸奖主人的风味。

"这书，"他说，"当初是潘葛洛斯大博士的癖好，他是德国最大的哲学家。"

"这书不是我的，"巴郭冷冷地回答说，"也曾有一时它们让我自以为念它有兴味。但是那连续重复的战争，每次都半是一模一样的；那些神道老是忙着可没有做什么有决断的事情；那海伦女，她是战争的起因，可是全书里真难得出面；那屈洛挨城，老是围着可又攻不破；这些个事儿看了都叫我大大地生厌。我也问过有学问的人，他们是不是跟我一样看了厌烦。不说谎话的就承认那部诗看了叫他们睡觉，可是他们还是一样得把它书房里供着，算是一座古时的牌坊，正同他们留着生锈的古钱再没有行用的一样的意思。"

"但是尊驾绝不这样看浮吉尔？"赣第德说。

"我承认，"那元老说，"它的《依尼德》的第二第四第六三卷确实要得，但是说到他那一心归命的依尼德，他的强横的克洛安德司，他的朋友阿卡德斯，他的小阿斯贡尼司，他的蠢国王拉底内斯，他的波淇洼阿马达，他的无聊的腊微尼亚，我看来再没有更平淡更无味的作品了。我倒喜欢塔素，甚至阿屋司多的睡迟迟的故事还看得些。"

253

"我可否请问，先生，"赣第德说，"尊驾念霍拉斯不能没有兴味不是？"

"这位作者的格言最多，"巴郭回说，"平常人看了有很多好处，又因其是用雄纠纠的诗句写的，看了更容易记得。可是我不喜欢他那到勃伦都雪姆的旅行，他写吃饭那一节，或是他的卑琐的斗口，一边是一个罗璧立斯，他的话按作者说满是毒性的醒醍，那一边一个的话是在酸醋里浸透了的。我念过他那骂老女人和巫婆的秽词，恶心得很；还有他告诉他的朋友梅水那斯说他只要把他放在抒情的诗人队里，他的高昂的脑袋就碰着天上的星，我看来全无意义。傻子才看一个有名的作者什么都是好的。至于我，我念书只为自己。我喜欢的就只合我脾胃的东西。"

赣第德从来念书不知道自己下评判的，听了这番话很以为奇。马丁觉得巴郭的批评有些意思。

"喔！这不是西塞罗，"赣第德说，"这位大人物我想你一定念不厌了吧。"

"我从来不念他，"那威尼市人说，"管他替拉皮立斯或是克龙底斯辩护，于我有什么相干；我自己审判案件就够多；他的哲学作品我看来好些，可是我一发现他什么都怀疑，我的结论是他知道的不比我多，我何必再去从他，有什么可学的？"

"哈！这是科学院八十卷的论文，"马丁叫说，"这一集书里或许有些有价值的东西。"

"许有的,"巴郭说,"只要那一班收拾垃圾的专家里有一个告诉我们做针的法子;可是在这一大堆的书里什么都没有,除了幻想的结构,一点儿有用的东西都找不到。"

"我这一边又是什么戏剧著作,"赣第德说,"意大利文的,西班牙文的,法文的。"

"是的,"那元老说,"一共有三千出,可是内中有一点点子道理的连三打都不到。那一堆讲道的集子,拼在一起还抵不过辛尼加一页书的价值,还有那些神学的大本子,你可以信得过,不仅我,谁都不会打开来看一看的。"

马丁见一个书架上全是英文书。

"我有一个设想,"他说,"共和派的人一定爱读这一类书,因为它们表示一种自由解放的精神。"

"是的,"巴郭回说,"一个人能写他心里想的,确是一件高尚的事;这是人道的特权。在意大利我们只写下我们心里不想的东西;住在西撒和安当尼奴司的本乡的人绝不敢擅自作主发表一点子独特的意见,他什么事都得问修道院里和尚们的允许。我十分愿意得到那启发英国民族天才的自由,假如热狂和党见不曾把这宝贵的自由的精神所在全给糟蹋了去。"

赣第德见着一本米尔顿(弥尔顿),就问主人是否把这位作家看作一个伟人。

"谁?"巴郭说,"你说那野蛮人,他写了十大卷粗糙的诗句,注解那《创世纪》的第一章;他是学希腊人只学成了一个粗浮，丑化了创世的故事，他叫米赛亚从天堂的武库里，拿一把圆规来勾画摩西的工作，原来摩西是万有的化身，一句话就产生了这世界？我怎么能看重这样一个作者，他弄糟了塔素的地狱和那魔鬼，他一时把鲁雪佛变成一只蟾蜍，一时又把他变成一个矮子，叫他老说一样的话，几百遍都重复过去，叫他讨论什么神学，还有他把阿列屋司多的滑稽的军火插画认了真给编了进去，竟教那些魔鬼在天堂上大放其炮？不说我，这儿意大利谁都看不上那些个阴惨的荒唐；那恶与死的结婚，还有那恶生下来的一群蛇，这在有一点子眼力的人看了都得笑翻肠胃（他那一长段时疫所的描写只配一个挖坟的人看）。这篇又晦又怪又招厌的诗一出来就叫人唾骂，我今天也无非拿他本国同时代人的眼光去看它罢了。关于这一点我说的是我心里想的，至于旁人是否和我一样看法，那我也管不着。"

赣第德听了这一长篇心里直发愁，因为他最尊崇荷马，最喜欢米尔顿。

"唉！"他轻轻地对马丁说，"我恐怕这位先生也看不起我们德国的诗人。"

"那也没有什么关系。"马丁说。

"喔！真是一位上品的人，"赣第德心里佩服，"这位巴郭先生是了不得的天才！他什么都看不起。"

他们看过了书房，一起到园里去，赣第德看得各样都好，一路夸好。

"这收拾得坏极了的,"那主人说,"你这儿见的都是小玩艺,不相干的。过了明天我要来好好地收拾一下了。"

"哦,"他们告别了以后,赣第德对马丁说,"你总可以同意了吧,这是人里面顶快活的一个了,因为他的见解超出他所有的东西。"

"可是你没有见,"马丁回说,"他看了他的东西什么都觉得厌烦。柏拉图早就说过,什么食品都吃不进的肠胃,不是顶好的肠胃。"

"难道这就不是乐趣,"赣第德说,"能什么东西都批评,能在旁人看了只觉得美的物事上点出毛病?"

"这话就等于说,"马丁回说,"没有乐趣也是一种乐趣。"

"得了,得了,"赣第德说,"我看来就许我是唯一快活的人,到那天我有福气再见到我那亲爱的句妮宫德。"

"能希望才是好的。"马丁说。

日子照样过去,一星期又一星期。卡肯波还是不来,赣第德一心的烦愁,他也想不到巴圭德和那修道和尚为什么没有回来谢他。

第二十六回

这回讲赣第德和马丁同六个生客吃饭,后来发现他们是谁。

一天晚上,赣第德同马丁正要坐下去跟同客店的几个外国人吃饭,有一个人脸子黑得像煤渣似的走来赣第德的背后,拉住了他的臂膀,口里说:

"赶快收拾起来跟我们一块儿走,不要误了事。"

他转过身来一看,不是别人,正是——卡肯波!除了句妮宫德见面再没有事情能使他这样的惊喜交加。他这一乐简直要乐疯了,他使劲抱着他的好朋友。

"句妮宫德也来了,一定;她在哪儿了?快领我去见她,好叫我快活死。"

"句妮宫德没有来,"卡肯波说,"她在康士坦丁。"

"喔,怎么了,在康士坦丁!可是随她到了中国我也得飞了去;我们走吧。"

"我们晚饭后走，"卡肯波说。"别的话我现在不能说；我是一个奴隶，我的主人等着我，我得伺候他吃饭呢；再不用说话了，吃吧，回头就收拾。"

赣第德这时候又是喜又是愁，高兴又见着他的忠心的代表，诧异他会做了奴，心里充满了复得句妮宫德的新鲜希望，胸口里怔怔地跳着，理路也闹糊涂了，马丁眼看着他这阵子的乱却满没有理会，同桌吃饭的除了马丁另有六个客人，他们都是到威尼市赶大会热闹来的。

卡肯波伺候其中的一个；饭快完的时候他挨近他的主人，在他的耳边轻轻地说：

"启禀陛下，船已备齐，御驾随时可以动身。"

说了这几句话他出去了。同桌的人都觉得惊讶，彼此相互地看着，却没有一句话说，这时候又来了一个当差的走近他的主人，说：

"启禀陛下，御辇现在泊普候着，这边船已备齐。"

那主人点一点头，那当差又出去了。同桌人又不期然地相互看了一阵，觉得格外诧异的样子。第三个当差的又来对他的主人说：

"启禀陛下，这边不该多耽搁了。我去把东西收拾好。"

立刻他又不见了。赣第德和马丁心想，这一定是跳舞会的乔装玩艺。第四个当差的又来对第四个客人说：

"启禀陛下，一切齐备，随时可以启程。"

说完了他也走了。第五个当差也来对他主人说同样的话。第六个来的说得不同,他的主人正挨赣第德坐着:

"启禀陛下,他们再不肯跟陛下通融借款,我的面子也没有,我们俩就许今晚得进监牢。我只能顾我自己。再会吧。"

当差的全走了,剩下那六个客,赣第德和马丁闷坐着一声不响。后来还是赣第德先开口。

"诸位先生,"他说,"这玩笑开得顶有意思,可是为什么你们全装作国王?我不是国王,这位马丁先生也不是。"

卡肯波的主人先回答,说意大利话,神气顶严肃的。

"我不是开玩笑。我的名字是阿希眉三世。我做过好几年的苏丹。我篡我哥哥的位;我的侄子又篡我的位,我的大臣全给杀了,我受罚在后宫里过我的一辈子。我的侄子,那伟大的麻木苏丹,许我为身体关系有时出来游历,我到威尼市赶大会来的。"

第二个说话的是一个年轻人,坐在阿希眉的旁边——

"我的名字是阿梵。我原先是大俄罗斯的皇帝,但是在摇篮时期就叫人家篡了位去。我的爹娘都被关在牢里,我就在那里受我的教育;只是我有时可以出来游历,同伴的都是看着我的;我也是到大会来的。"

第三个说:

"我是查理士爱多亚,英国的国王;我的父亲把他所有法律上的权利移让给我。我为保障我的权利曾经打过仗,我的八百多的臣子全教他们给绞的绞,淹的淹,分尸的分尸。我也下过牢监;我是到罗马去拜会意大利王,我的父亲,他同我自己和我祖父一样也是叫人家赶跑的,我在威尼市也是到大会来的。"

第四个说:

"我是波兰王;战争的结果剥夺了我所有继承来的版图;我的父亲也遭着一样的变故;我也学阿希眉苏丹,阿梵皇帝,查理士爱多亚王,他们的榜样,听天由命,但凭上帝保佑;我也到大会来的。"

第五个说:

"我也是波兰的国王;我叫他们赶过两次;但是天又给了我另一个国度,在那维斯丢拉河的两岸从来撒玛丁的国王做得没有做得像我一般好;我也是悉听天命的,我到威尼市也是来玩儿大会的。"

末了轮到第六位元首说话——

"诸位先生,"他说,"我比不上诸位身份的大;但我也是一个国王。我叫梯摇朵,考西加岛上公选的国王;我也曾经享受过元首的威风,但现在人家不把我当一个上等人看。我自己铸造过金钱,但现在我连一个子儿都不值;我有过左右丞相,但现在连个当差都几乎没有;我曾经看我自己坐在国王的宝位上,我也见过我自己坐在伦敦一个普通牢狱的稻草上。我只怕我在此地又得受到同样的待遇,我到此地来,同你们诸位陛下一样，也是赶大会看热闹的。"

前面那五个国王听他这番诉苦，表示十分同情。他们每人掏出二十块钱来给他买布做衣服穿；赣第德送了他一颗钻石，值两千块钱的。

"这位平民是谁呀?!"那五个国王相互地说，"他能给，而且他真的给了，一份礼比咱们的高出一百倍？"

他们正吃完了饭站起身，屋子里又进来了四位爽朗的贵人，他们也是为战争丢了他们各家的领土，也到威尼市来看会。但是赣第德再没有心思管闲事，他一心就想上海船到康士坦丁去寻访他的情人句妮宫德。

第二十七回

这回讲赣第德坐船到康士坦丁。

那忠心的卡肯波早就跟阿希眉的土耳其船家说好,准赣第德和马丁一起走。他们对那可怜的贵人尽了敬意。

"你看,"赣第德在路上对马丁说,"我们同六个倒运的国王一起吃饭,其中有一个还得仰仗我的帮助。在我倒不过丢了一百头羊,现在,我不久就可以抱着我的句妮宫德了。我的亲爱的马丁,这一次又是潘葛洛斯对了:什么事情都是合适的。"

"但愿如此。"马丁说。

"但是话说回来,"赣第德说,"我们在威尼市碰着的事情实在有点稀奇。从没有见过也没有听说过六个废王一同在一个客店里吃饭。"

"按我们向来的经验,"马丁说,"那也算不得什么特别奇怪。国王被废是一件极平常的事;我们有跟他们同饭的光荣,那更是值不得什么。"

他们一上船，赣第德就飞奔到他那老当差老朋友卡肯波那里去，抱着他直亲。

"好了，"他说，"这回可以听听句妮宫德了。她还是她原先那么美吗？她还爱我不？她好不好？你一定替她在康士坦丁买了一所王宫是不是？"

"我的亲爱的主人，"卡肯波说，"句妮宫德在百罗朋底斯的河边上洗碗，她的主人是一个亲王，他一共也没有几只碗；那家是一家旧王族，叫腊高斯奇，土耳其王在他的亡命期内给他三块钱一天。但是最伤心的事情是她已经没了她的美貌，现在她已变成怕人的丑了。"

"得，管她是美是丑，"赣第德回说，"我是一个说话当话的人，爱她是我的责任。可是她有了你带去给她那五六百万，怎么就会得那样的狼狈？"

"啊！"卡肯波说，"我不是给了那总督二百万才得他的允准我带走句妮宫德，剩余的不是叫一个海盗狠狠地全抢了去？那海盗不是带着我们到马达朋海峡又到米罗，又到尼加利，又到麻马拉，又到司寇泰利？结果句妮宫德和那老女人伺候上了我方才说的那亲王，我做了这退位的苏丹的奴隶。"

"怎么，就有这一大串的奇灾！"赣第德叫说。"可是话说回来，我身上总还留着几颗钻石；买回句妮宫德总还容易。可是她变丑了，这事情有点儿惨。"

他转身向马丁说："现在你看谁是顶可怜的——那苏丹阿

希眉，俄皇阿梵，英王查理士爱多亚，还是我自己？"

"我怎么知道！"马丁回说，"我钻不到你们的心窝里去，怎么会知道？"

"啊！"赣第德说，"潘葛洛斯要是在这儿他准知道。"

"我不知道，"马丁说，"你的潘葛洛斯用什么砝码来衡人类的不幸，能公平地估定人们的苦恼。我敢于说的无非是，这世界上尽有几百万人比那查理士王，阿梵皇帝，或是阿希眉苏丹苦恼得多得多。"

"那倒也许是的。"赣第德说。

过了几天，他们到了波斯福鲁斯，赣第德先付了一笔钱替卡肯波赎身。这完了，他就领了他的同伴另雇一只划船，到百环朋底斯沿岸去访问句妮宫德的下落，不论她变成了怎么丑法。

水手里面有两个奴隶划得极坏，他们那莱梵丁船主时常拿一根牛鞭打他们赤裸的肩膀。赣第德，不期然的，对这两个挨打的奴看得比其余的划手更注意些，心里也替他们可怜。他们的面目，虽则破烂得不成样，很有点儿仿佛潘葛洛斯和那不幸的教士男爵，句妮宫德的哥哥。这更使他感动伤心。他益发注意着他们。

"真的是，"他对卡肯波说，"要是我不曾亲眼看见潘葛洛斯绞死，要是我没有亲手杀死那男爵，我简直会信那两个划船的就是他们呢。"

267

一听着提到男爵和潘葛洛斯的名字,那两个船奴突然叫了一声,板住了他们的身体,掉下了他们手里的桨。那船主奔过去拿牛鞭痛抽了他们一顿。

"别打了!别打了!先生,"赣第德叫说,"你要多少钱我给你多少。"

"什么!这是赣第德!"两个奴里的一个说。

"什么!这是赣第德!"还有那一个说。

"这是梦里?"赣第德叫说,"还是醒着?我不是坐着一只划船吗?这难道就是我亲手杀掉的男爵?这难道就是我亲眼看见绞死的潘葛洛斯?"

"正是我们俩!正是我们俩!"他们回说。

"好了!这就是那大哲学家吗?"马丁说。

"啊!船老板,"赣第德说,"你要多少钱赎身,这位是森窦顿脱龙克先生,德国最早的一家男爵,这位是潘葛洛斯先生,德国最深奥的一位哲学家。"

"狗基督教徒的,"那莱梵丁船主回说,"既然这两个基督教徒狗子是什么男爵,又是什么哲学家,我想在他们国内身份一定顶高的,我要五万块钱。"

"如数给你,先生。立刻划我回到康士坦丁去,你就有钱拿。可是慢着,我还是先去找句妮宫德姑娘。"

可是那莱梵丁船主一听说回康士坦丁有钱拿,他早就旋转了舵,压着那一班水手使劲地划,那船就像飞鸟似的去了。

赣第德与那男爵和潘葛洛斯抱了又抱，够有几百次。

"可是究竟是怎么回事，我的亲爱的男爵，你没有被我杀死？还有你，我的亲爱的潘葛洛斯，你不是分明给绞死了，怎么又会活了呢？你们俩怎么又会跑上了一只土耳其划船？"

"那么，我的亲妹子的确也在土耳其？"那男爵说。

"是的。"卡肯波说。

"那么，我真的又见着了我亲爱的赣第德。"潘葛洛斯叫说。

赣第德介绍卡肯波和马丁给他们；他们彼此都抱了，一起说着话。那船划得飞快，不多时就靠了口岸，赣第德立刻找了一个犹太人，拿一个该值一百万的钻石换了五十万现钱，那犹太人还扯着阿伯拉罕赌咒说这买卖没有多大好处。他就替潘葛洛斯和那男爵赎了身。那大哲学家拜倒在他的恩主的面前，流的眼泪把他的脚都给浸透了；那男爵点点头谢了他，答应一有机会就还他这笔钱。

"可是是真的吗，我妹子也在土耳其。"他说。

"再真没有了，"卡肯波说，"因为她现在一个破落亲王家里洗碗哪。"

赣第德又去找了两个犹太人来，又卖几颗钻石给他们，他们一起又坐了一只划船去替句妮宫德赎身。

第二十八回

这回潘葛洛斯和那男爵讲他们的经过情形。

"我还得求你一次饶恕,"赣第德对男爵说,"你的大量,神父先生,我当初不该把刀捅穿你的身子。"

"再不用提了,"男爵说。"我也太莽撞一点,我得承认,但是你既然要知道我怎么会流落到做人家的船奴,等我来告诉你。那回你伤了我,倒没有事,一个大夫替我治好了,后来我叫西班牙一队兵打了,把我捉了去,把我监禁在布宜诺斯艾利斯,那时候我的妹子正动身离开那里。我求得允许回罗马到我们的将军那里去。他们派我到康士坦丁在法国公使那里当一个差事。我才到了八天,一晚上碰见一个年轻的衣可葛朗,他样子长得顶漂亮。天气正热。那年轻人要洗澡,我也赞成。我可不知道一个基督徒要是被人发现跟一个回教徒裸体在一块儿,他就犯了顶大的罪。一个判官打我一百下脚底板,又罚我到划船上当奴隶。再要不公道的事我想是没有的了。可是我倒乐意知道我的妹妹怎么会到一个避难亲王家里去当下女。"

"但是你，我的亲爱的潘葛洛斯，"赣第德说，"我怎么又会见着你呢？"

"那回是不错，"潘葛洛斯说，"你见我给绞了。我本来是该烧的，可是你许记得那天他们正要烧死我，天忽然下大雨了；那雨阵来得猛极了，他们没有法子点火，所以叫我上吊，因为他们再没有别的法子。一个外科医生买了我的尸体，带了家去，动手解剖我。他开头十字花割破我肚脐到锁盘骨一块肉。那圣灵审判的刽子手是教会里的一个副执事，他最拿手是烧死活人，可是他不大会绞。那根绳子是潮的，部位也没有安准，绞得也不够紧；所以那大夫动手割的时候我还有气，我痛极了就怪声的嚷嚷，吓得那大夫一脚跌翻在地下，他一想只当是割着了一个恶魔，他就爬起来拼命地逃，在楼梯上翻着跟斗下去。他的太太在间壁屋子里听了声音也逃了。她见我直挺挺地破着肚子躺平在台上。她更比她男人吓得厉害，也在楼梯上翻了下去，压在他的身上。他们苏醒一些的时候，我听那女人对她的丈夫说：'我的乖，你怎么会解剖一个邪教徒？你难道不知道他们这班人身上老是有恶魔躲着的？我马上去招一个教士来咒他吧。'一听着这话我直发抖，我就抖擞起我还有的一点儿勇气，高声地喊着说，'饶了我吧！'后来那葡萄牙鬼子果然壮了胆，包好了我的伤；他的太太甚而看护我。过了十五天我就站得起了。他还替我找了一个差事，有一个马尔达岛的一个武官要到威尼市去，我替他当听差，但是我的主人穷得付不出我的工钱，我就另换了一个威尼市商人伺候，跟着他到康士坦丁。有一天，我忽然想着走进一个回回庙，见一个老依孟同一个年轻美貌的信徒，她正在说她的祷告。她的胸膛是解开的，在她两奶的中间放着一个绝美的花球，水仙，玫瑰，秋牡丹，小茶花，采花草，什么都有。她掉了她的花球；我捡了起来，十二分虔诚地献还给她。我递给她的时候可太久了，那老依孟就发了气，他见我是一个基督教徒，就高声喊人。他们带我去见一个法官，我的脚底吃了一百下板子，又罚我到划船上去做苦工。刚巧我去的船正是男爵那一只，他们拿我跟他锁在一条板凳上。在这一条船上有四个马赛来的年轻人，五个拿坡里的教士，两个考夫来的和尚，他们犯的也是差不多一类的事情。男爵一定说他的受罚比我更不公平，我说他不对，捡起一个花球放还到一个女人的胸膛上，比同一个衣可葛朗赤条条的在一块儿，当然是清白得多。我们正辩论不出一个谁对，同时挨牛鞭的打，却不道天道好还，奇巧的你也上了我们的船，多亏你好心替我们赎了身。"

"好好，我的亲爱的潘葛洛斯，"赣第德对他说，"你既然是绞过，剖过，鞭过，在划船上当过苦工，你是否还是不变你的老主意，说什么事都是再好没有的。"

"我还是那主意，"潘葛洛斯说，"因为我是一个哲学家，不能随便收回我的话，而况蓝伯尼次是从来不会错的；再说，'先天的大调和'是世界上至美的一件事，正如他的 plenum and materia subtilis。"

第二十九回

这回讲赣第德再次寻到句妮宫德和那老女人。

他们一行人，赣第德，男爵，潘葛洛斯，马丁，卡肯波，正在互相说他们各人的遭遇，讨论宇宙间偶然与非偶然的事情，申辩因果的关系，道德的与实体的恶，自由与必要，乃至一个奴隶在一只土耳其划船还能感到的安慰，他们已经到了百罗朋底斯沿岸那避难亲王的家里。第一件事情他们见着的是句妮宫德和那老女人正晒着洗过的毛巾。

那男爵一见脸就发青。那多情深切的赣第德，一见他的美丽的句妮宫德，脸变得黄黄的，眼睛里冒血，颈根萎着，腮帮子往里瘪，手臂又粗又红，直骇得倒退三步，毛管子全竖了起来，然后为顾全面子只得走上去。她搂抱了赣第德和她的哥哥；他们都抱了老女人，赣第德替她们付了赎身钱。

邻近有一所小田庄，那老女人主张赣第德给买了下来，大家暂且住着，等有另外机会再想法出脱。句妮宫德自己并不知道她变丑了,因为谁也没有对她说过;她要求赣第德履行他们的婚约,口气十分地强硬,弄得这位好好先生不敢说一个不字。他因此私下对男爵说他想和他的妹子结婚。

"我可不承受,"那男爵说,"她一边地自贱,你一边地厚脸;我再也不管这羞人的事儿;我妹妹以后有孩子就不能在德国进礼拜堂。不成,我妹妹只能嫁本国一个男爵。"

句妮宫德跪倒在他的跟前,眼泪开河似的求着他;他还是硬着。

"你这蠢东西,"赣第德说,"我从那船上救了你,替你付了钱,又付了你妹妹的;她是厨房里一个下女,又是这么奇丑,我肯低头来娶她还不错哪;你还来反对,真有你的!要是逗我的一口气,我就再杀了你。"

"你要杀我请便,"那男爵说,"可是你不能娶我的妹妹,至少我活着的时候不能。"

第三十回　结局

　　说心窝里话，赣第德其实不想娶句妮宫德。但是那男爵的不近情理的态度倒反逼得他非结成这门亲事，一边句妮宫德也成天逼着，不让他犹豫。他问潘葛洛斯，马丁以及那忠心的卡肯波的主意。潘葛洛斯议了一长篇的文章，证明那男爵没有权利干预他妹妹的亲事，按照所有的国法，她尽可自由和赣第德成婚。马丁主张把那男爵丢海里去；卡肯波意思还拿他交还给那划船的老板，然后有船就把他送回到罗马他上司那里去。这主意大家都说好，那老女人也赞成；他们没有对他妹妹提这回事；只花了一点小钱事情就弄妥当了，他们觉到双层的快活，一来套上了一个教士，二来惩戒了一个德国男爵的傲慢。

　　赣第德经过了这么多的灾难还是跟句妮宫德成了婚，和他的朋友哲学家潘葛洛斯，哲学家马丁，谨慎的卡肯波，还有那久历沧桑的老女人，又从爱耳道莱朵的黄金乡带回了这么多的钻石，我们料想他一定会快活了吧。但是他叫那些犹太鬼子缠上了，不多时他什么都没了，就剩了那小田庄；他的夫人一天丑似一天，脾气也越来越怪僻，越不好伺候；那老女人乏成了病，脾气更比句妮宫德不如。卡肯波在菜园里做工，带了菜蔬到康士坦丁去卖，也累坏了，成天咒他的命运。潘葛洛斯也是满肚子的牢骚，因为他不能在一个德国大学里出风头。就是马丁，他认定了就是到别处去也不能见好，所以耐心地待着。赣第德，马丁，潘葛洛斯三人有时继续讨论他们的道学与玄学。他们常在田庄的窗户外望见河里的船，满载着发配到远处去的大官，总督们，法官们，都有。他们也见着新来补他们遗缺的总督们，法官们，不久他们自己又叫发配了出去。他们也常见割下的脑袋绑在木条上送去陈列在城门口示众的。这一类的景致随时供给他们谈话的资料；他们一不辩论，就觉得时光重重地挂在他们手上，无聊极了，有一天那老女人对他们发一个疑问：

"我倒要请问你们，看来究竟是哪一边更坏些，愿意叫黑鬼海盗强奸到几百次，坐臀割掉一半，愿意在保尔加利亚兵营里挨打，愿意吃鞭子，上绞，剖肚子，小船上当苦工——换句话说，愿意受我们各人受过的苦恼呢，还是愿意待在这里，什么事都没有得做？"

"这是一个大问题。"赣第德说。

这一谈又开辟了不少的新思想，马丁特别下一个结论，说人生在世上要不是在种种分心的烦恼中讨生活，他就懒成这厌烦的样子。赣第德不十分同意，可是他没有肯定什么。潘葛洛斯承认，他一辈子苦恼也受够了，可是因为他曾经主张过什么事情都是十二分地合适，他现在还是这么主张，虽则他自己早已不信了。

不久他们又见到一件事，更使马丁皈依他的厌世的原则，更使乐观的赣第德心伤，更使潘葛洛斯迷糊：一天他们发现巴圭德和杰洛佛理在他们田庄登岸，狼狈得不得了。他们俩早就花完了赣第德给他们的钱，闹翻了，又合在一起，又闹，下牢监，脱逃，末了杰洛佛理和尚入了土耳其籍完事。巴圭德还是干她的老买卖，可是什么好处也没有。

"我早见到，"马丁对赣第德说，"你送的钱帮不到他们的忙，只是加添他们的苦恼，你是曾经在几百万的钱堆里混过来的，你和你的卡肯波，可是你们也不见得比巴圭德和杰洛佛理快活多少。"

"哈！"潘葛洛斯对巴圭德说，"老天居然把你也给送回来了，可怜的孩子！你知道你害得我少了一个鼻尖，一只眼，一只耳朵，你瞧这不是？这世界真是怎么回事！"

这一件事更使他们推详了好久。

在他们邻近住着一个有名的回教僧，他在全土耳其被尊为无上的大哲学家，他们就去请教他。潘葛洛斯先开口。

"老师父，"他说，"我们来请求你告诉我们，为什么天会造出人这样子一种怪东西来？"

"干你什么事了？"那老和尚说，"你管得着吗？"

"但是，神圣的师父，"赣第德说，"这世上有奇丑的恶。"

"有什么关系，"那和尚说，"有恶或是有善？比如国王他派一只船到埃及去，用得着他管船上的耗子舒服不舒服不？"

"那么这样说来，我们该怎么做呢？"潘葛洛斯说。

"关住你的嘴。"和尚说。

"我来是希望，"潘葛洛斯说，"和你讨论点儿因果关系，谈谈可能的世界里最好的一个，恶的起源，灵魂的性质以及先天的大调和。"

听了这些话，那和尚把他们赶了出去，关上了门。

他们谈天的时候，外边传着一个消息说康士坦丁有两个大臣和解释经典的法官都给勒死了，他们的好多朋友也被刺死了。这变故哪儿都传到了。赣第德，潘葛洛斯，马丁他们回他们小庄子的时候，见一个好老头儿在他们前一座橘子棚底下呼吸新鲜空气。潘葛洛斯，他那好管闲事的脾气正同他爱辩论是非，过去问那老头新绞死那法官的名字是什么。

"我不知道，"那位先生说，"我从不曾知道过随便哪一法官，或是大臣的名字。你问的什么事我根本不明白；我敢说参与官家行政的人有时死得可怜，也是他们活该；可是我从来不过问康士坦丁有什么事情；我唯一的事情就只把我自己管着的园里的果子送了去卖。"

说了这些话，他请客人进他屋子去；他的两个儿子和两个女儿献上各种水果酿来敬客，都是他们自己做的，还有麦酒，橘子，柠檬，波罗蜜，榧子仁，真毛夹咖啡，不搀杂南洋岛产的次种。吃过了，他那个女儿过来替他们的胡子上花露水。

"你们这儿的地基一定是顶宽，顶美。"戆第德对那土耳其人说。

"我就有二十亩地，"老头说，"我同我的孩子自己做工；我们的劳工保全我们不发生三件坏事——倦，作恶，穷。"

戆第德一路回去从老人的谈话得到了深刻的见地。

"这位忠厚的土耳其人，"他对潘葛洛斯和马丁说，"他的地位看来比我们那回一同吃饭的六个国王强得多。"

"富贵，"潘葛洛斯说，"是绝对危险性的，按哲学家的说法。因为，简单说，爱格朗，马勃国王，是叫乌德杀死的，阿刹罗是叫他儿子给绞死了，身上还带了三支箭伤；那打伯王，杰路波阿的儿子，是巴沙杀死的；爱辣王是辛礼教的；阿席阿是建乌杀的；阿塔理亚杰被乌达杀；乾霍格，乾贡尼，才代其，都是做俘虏的；你知道克鲁沙，阿斯梯阿其，大连亚斯，雪腊古司的提昂尼素士，伯鲁斯，潘苏士，汉尼保，朱古塔，阿理费斯德斯，西撒，本贝，尼罗，屋梭，维推立斯，朵米丁，英国的立卡二世，玛丽王后，爱多亚二世，亨利二世，立卡三世，查理士一世，法国的三个王，还亨利第回大帝！你知道——"

"我也知道，"戆第德说，"我们该得栽培我们的园子。"

"你说得对，"潘葛洛斯说，"因为当初上帝把人放在伊甸园里,他是要他动手做工的;这可见上帝造人不是叫他怠惰的。"

"我们来做工吧,"马丁说,"再不要瞎辩了;这是唯一的办法使得日子还可以过。"

这小团体人就来合作这健全的计划,各人按各人的能耐做。他们那块小地果然出产了丰厚的收成。句妮宫德,果然是,丑得不堪,但是她学会了一手好点心;巴圭德做绣花;那老婆子看管衣服,等等。他们各人都做点儿事,杰洛佛理都在内;他学会了做木工,人也老实了。

潘葛洛斯有时对赣第德说:

"在这所有可能的世界里顶好的一个上面,确是有一种事理的关连:你想,要是你不为了爱句妮宫德从那爵府里给踢了出来,要是你没有被人当作异端审判;要是你没有去过南美洲,要是你没有杀死那男爵,要是你没有丢掉你从爱耳道莱朵得来的一百只红羊,你就不会住在这儿吃蜜饯香缘跟榧子仁儿。"

"你的话都对,"赣第德回说,"但是我们还是收拾我们的园子吧。"

国图典藏版本展示

曼殊斐尔小说集

徐悲鸿 绘

英國

曼殊斐爾小說集

徐志摩 譯

北新書局
1927

曼殊斐爾小說集

目 錄

園會……………………………一—四〇

毒藥……………………………一—一四

巴克媽媽的行狀………………一—一八

一杯茶…………………………一—二〇

夜深時…………………………一—一六

幸福……………………………一—三二

一個理想的家庭………………一—一六

刮風……………………………一—二二

曼殊斐爾………………………一—二六

園會

那天的天氣果然是理想的。園會的大氣，就是他們訂定的，也沒有再好的了。沒有風，暖和，天上沒有雲點子。就是藍天裏蓋着一層淡金色的霧紗，像是初夏有時的天氣。那園丁天亮就起來，剪草，掃地，收拾個乾淨；草地和那種着小菊花的暗暗的平頂的小花房兒，都閃閃的發亮着。還有那些玫瑰花，她們自個兒像是懂得，到園會的人們也就只會得賞識玫瑰花兒；這是誰都認得的花兒。好幾百，眞是好幾百，全在一夜裏開了出來；那一叢綠綠的全低着頭兒，像是天仙來拜會過他們似的。

他們早餐還沒有吃完，工人們就來安那布篷子。

「娘，你看這篷子安在那兒好？」

— 1 —

「我的好孩子，用不着問我。今年我是打定主意什麼事都交給你們孩子們的了。忘了我是你們的娘。只當我是個請來的貴客就得。」

但是梅格總還不能去監督那些工人們。她沒有吃早飯就洗了頭髮，她帶着一塊青的頭巾坐在那裡喝咖啡，潮的黑的髮鬆兒貼在她兩邊的臉上。玖思，那胡蝶兒，每天下來總是穿着綢的裡裙，披着日本的花衫子。

「還是你去吧，老臘；你是講究美術的。」

老臘就飛了出去，手裏還拿着她的一塊牛油麵包。

她就愛有了推頭到屋子外面吃東西；她又是最愛安排事情的；她總以為她可以比誰都辦得穩當些。

四個工人，脫了外褂子的，一塊兒站在園裏的道兒上。他們手裡拿着支蓬帳的桿子，一捲捲的帆布，背上掛着裝工具的大口袋兒。他們的神氣很叫人注意的。老臘現在倒怪怨她自己還拿着那片牛油麵包，可是又沒有地方放，她又不能把他擲了。她臉上有點兒紅，她走近他們的時候；可是她裝出嚴厲的，甚至有點兒近視的樣子。

「早安，」她說，學她娘的口氣。但是這一聲裝得太可怕了，她自己都有點兒難為情，接着她就像個小女孩子口吃着說，「嗄——歐——你們來——是不是為那蓬帳？」

「就是您哪，小姐，」身子最高的那個說，一個瘦瘦的，滿臉斑點的高個兒，他掀動着他背上的大口袋，把他的草帽望後壓一推，望下來對着她笑。「就是那個。」

他的笑那樣的隨便，那樣的和氣，老臘也就不覺得難為情了。多麽好的眼他有的是，小小的，可是那樣的深藍！她現在望着他的同伴，他們也在笑吟吟的。「放心，我們不咬人的，」他們的笑像在那兒說。工人們多麼好呀！這早上又是多美呀！可是她不該提起早上；她得辦她的公事。那篷帳。

「我說，把他放在那邊百合花的草地上，怎麼樣呢？那邊成不成？」

她伸着不拿牛油麪包的那隻手，點着那百合花的草地。他們轉過身去，望着她點的方面。那小胖子扁着他那下嘴唇皮兒，那高個子綯着眉頭。

「我瞧不合式，」他說，「看的不够明亮。您瞧，要是一個慢天帳子，」他轉身向着老臘，還是他那隨便的樣子，「您得放着一個地基兒，您一看就會磁的一下打着你的眼，要是您懂我的話。」

這一下可是把老臘臘住了一陣子，她想不清一個做工的該不該對她說那樣的話，磁的一下打着你的眼。她可是很懂得。

「那邊網球場的一個基角兒上呢?」她又出主意。「可是音樂隊也得佔一個基角兒。」

「唔,還有音樂隊不是?」又一個工人說。他的臉是青青的。他的眼睛瞪着那網球場,神氣看的怪難看的,他在想什麼呢?

「就是一個很小的音樂隊,」老膿綏綏的說。也許他不會多麼的介意,要是音樂隊是個小的。但是那高個兒的又打岔了。

「我說,小姐,那個地基兒合式。背着前面那些大樹。那邊兒。準合式。」

背那些喀拉鳴樹。可是那些喀拉鳴樹得讓遮住了。他們多麼可愛,寬寬的,發亮的葉子,一球球的黃果子。他們像是你想像長在一個荒島上的大樹,高傲的,孤單的,對着太陽聳着他們的葉子,果子,冷靜壯麗的神氣。他們免不了讓那篷帳遮住嗎?

兔不了。工人們已經扰起他們的椶子，向着那個地基兒去了。就是那高個兒的還沒有走。他彎下身子去，撚着一小枝的拉芬特草，把他的大姆指與點人指放在鼻子邊，齅吸了沾着的香氣。老臘看了他那手勢，把什麽喀拉嚼樹全忘了，她就不懂得一個做工人會注意到那個東西——愛拉芬特草的味兒。她認識的能有幾個做工人會做這樣的事。做工人多麼異常的有意思呀，她心裏想。為什麽她就不能跟做工人做朋友，强如那些粗蠢的男孩子們，伴她跳舞的，星期日晚上來吃夜飯的？他們準是合式的多。

壞處就在，她心裏打算，一面那高個的工人正在一個信封的後背畫什麼東西，錯處就在那些個可笑的階級區別，槍斃或是絞死了那一點子就沒有事兒了。就她自個兒說呢，她簡直的想不着什麼區別不區別。一點兒，一子兒都沒有，……現在木槌子打樁的聲音已經來了。

有人在那兒噓口調子,有人唱了出來,「你那兒合式不合式,瑪代?」

「瑪代!」那要好的意思,那——那——她想表示她多麼的快活,讓那高個兒的明白她多麼的隨便,她多麼的瞧不起蠢笨的習慣,老膩就拿起她手裏的牛油麪包來,很勁的齦了一大口,一面她瞪着眼看她的小畫。她覺得她真是個做工的女孩子似的。

「老膩老膩,你在那兒?有電話,老膩!」一個聲音從屋子裏叫了出來。

「來——了!」她就燕子似的掠了去,穿草地,上道兒,上階沿兒,穿走廊子,進門兒,在前廳裏她的爹與老利正在刷他們的帽子,預備辦事去。

「我說,老膩,」老利快快的說,「下半天以前你替我看看我的褂子,成不成?看看要收拾不要。」「算數,」她說。忽然她自個兒

— 7 —

忍不住了。她跑到老利身邊。把他小小的，快快的擠了一下。「嗳，我真愛茶會呀，你愛不愛，」老臉喘着氣說。

「可—不是，」老利親密的，孩子的口音說，他也拿他的妹妹擠了一下，把她輕輕的一推。「忙你的電話去，小姐。」

那電話。「對的，對的；對呀。開弟？早安，我的乖。來吃中飯？一定來，我的乖。當然好極了。沒有東西，就是頂隨便的便飯——就是麵包壳兒，碎 Meringue-Shells 還有昨天膡下來的什麼。是，這早上天氣眞好不是？等一等——別掛。娘在叫哪。」老臘坐了下來。

「什麼，娘？聽不着。」

薛太太的聲音從樓梯上漂了下來。「告訴她還是戴她上禮拜天戴的那頂漂亮帽子。」

「娘說你還是帶你上禮拜天戴的那頂漂亮帽子，好。一點鐘，再會。

老臘放回了聽筒，手臂望着腦袋背後一甩，深深的呼了一口氣，伸了一個懶腰，手臂又落了下來。「呼」，她歇了口氣，快快的重復坐正了。她是靜靜的，聽着。屋子裏所有的門戶像是全打得大開似的。滿屋子只是輕的，快的脚步聲，流動的口音。那扇綠布包着的門，通廚房那一帶去的，不住的擺着，塞，塞的響。一會兒又聽着一個長長的，氣呼呼的怪響。那是他們在移動那笨重的鋼琴，圓轉脚兒擦着地板的聲音。但是那空氣！要是你靜着聽，難道那空氣總是這樣的？小小的，軟弱的風在鬧着頑兒，一會兒望着窗格子頂上衝了進來，一會兒帶了門兒跑了出去。還有兩小點兒的陽光也在那兒鬧着頑，一點在墨水瓶上，一點在白銀的照相架上。乖乖的小點子。尤其是在墨水瓶蓋上的那一點。看的頂親熱的。一個小小的，熱熱的銀星兒。她去親吻他都成。

前門的小鈴子丁的丁的響了,接着沙第印花布裙子窸窣的上樓梯。一個男子的口音在含糊的說話,沙第答話,不使勁的,「我不知道呵。等着。我來問問薛太太。」

「什麼事,沙第?」老臘走進了前廳。

「為那賣花的,老臘小姐。」

不錯,是的。那邊,靠近門兒,一個寬大的淺盤子,裏面滿放着一盆盆的粉紅百合花兒。就是一種花。就是百合——「肯那」百合,大的紅的花朶兒,開得滿滿的,亮亮的,在鮮艷的,深紅色花梗子上長着,簡直像有靈性的一樣。

「嗄——嗄,沙第!」老臘說,帶着小小的哭聲似的。她蹲了下去,像是到百合花的光炎裏去取煖似的;她覺着他們是在她的手指上,在她的口唇上,在她的心窩裏長着。

"錯了,"她軟音的說。"我們沒有定要這麼多的。沙第,去問娘去。"

但是正在這個當兒薛太太也過來了。

"不錯的",她靜靜的說。"是我定要的。這花兒多麼可愛?"她擠緊着老臘的臂膀。"昨天我走過那家花舖子,我在窗子裏看着了。我想我這一次總要買他一個痛快。園會不是一個很好的推頭嗎?"

"可是我以爲你說過你不來管我們的事。"老臘說。沙第已經走開了,送花來的小工還靠近他的手車站在門外。她伸出手臂去繞着娘的項頸,輕輕的,很輕輕的,她咬着他娘的耳朵。

"我的乖孩子,你也不願意有一個過分刻板的娘不是?別孩子氣。挑花的又來了。」

他又拿進了很多的百合花，滿滿的又是一大盤兒。「一條邊的放着，就在進門那兒，門框子的兩面，勞駕」，薛太太說。「你看好不好，老臘？」

「好，眞好，娘。」

在那客廳裏，梅格，玖思，還有那好的小漢士，三個人好容易把那鋼琴移好了。

「我說，把這櫃子靠着牆，屋子裏什麼都搬走，除了椅子，你們看怎麼樣？」

「成。」

「漢士，把這幾個桌子搬到休息室裏去，拿一把篦子進來把地毯上的桌腿子痕子掃了——等一等，漢士，——」玖思就愛吩咐底下

—12—

人,他們也愛聽她。她那神氣就像他們一塊兒在唱戲似的。「要太太老膽小姐就上這兒來。」

「就是,玖思小姐。」

她又轉身對梅格說話。「我要聽聽那琴今天成不成,回頭下半天他們也許要我唱。我們來試試那『This life is weary』

彭!他!他,氏!他!他!那琴聲突然狠熱烈的響了出來,玖思的面色都變了。她握緊了自己的手。她娘同老臢剛進來,她對他們望着。一臉的憂鬱,一臉的奧妙。

這樣的生活是疲──倦的.
一朵眼淚,一聲歎氣。
愛情也是要變──心的,
這樣的生活是疲──倦的,

一朵眼淚,一聲歎氣。

愛情也是不久——長的,

時候到了……大家——回去!

但是她唱到「大家——回去,」的時候,雖則琴聲格外的絕望了,她的臉上忽然泛出鮮明的,異常的不同情的笑容。

「我的嗓子成不成,媽媽?」她瞼上亮着。

這樣的生活是疲——倦的,

希望來了,還是要死的。

一場夢景,一場驚醒。

但是現在沙第打斷了她們。「什麼事,沙第?」

「說是,太太,厨孃說麵包餅上的小紙旗兒有沒有?」

「麵包餅上的小紙旗兒,沙第?」薛太太在夢裡似的回響着。那些小孩子一看她的臉就知道她沒有小旗兒。

「我想想。」一會兒,她對沙第堅定的說,「告那廚孃等十分鐘我就給她。」

「沙第去了。

「我說,老臘」,她母親快快的說,「跟我到休息間裡來。旗子的幾個名字我寫在一張信封的後背。你來替我寫了出來。梅格,馬上上樓去,把你頭上那濕東西去了。玖思,你也馬上去把衣服穿好了。聽着了沒有,孩子們,要不然回頭你們爹晚上回家的時候我告訴?說是——玖思,你要到廚房裡去,告那廚孃別着急,好不好?這早上我怕死了她。」

那張信封好容易在飯間裡那擺鐘背後找了出來。怎麼的會在那兒,薛太太想都想不着了。

赣第德

凡爾太著
徐志摩譯

贛第德
法國凡爾太傑作
徐志摩譯

北新書局
1927

贛第德

贛第德

(Candide, by Voltaire, 1759.) 這是凡爾太在三天內寫成的一部奇書。凡爾太是個法國人，他是十八世紀最聰明的，最博學的，最放誕的，最古怪的，最壅腫的，最擅諷刺的，最會寫文章的，最有勢力的一個怪物。他的精神的遠祖是蘇格臘底士，阿里士滔芬尼士，他的苗裔，在法國有阿拿托爾法郎士，在英國有羅素，在中國——有署名西瀅者有上承法統的一線希望。不知道凡爾太就比是讀二十四史不看史記，不知道贛第德就比是讀史記忘了看項羽本紀。我今晚這時候勤手譜贛第德——夜半三時——卻並不為別的理由，爲的是星期六不能不出副刊，結果我就不能不抱佛腳，做編輯的苦惱除了自己有誰知道，有誰體諒。但贛第德是值得你們寶貴的光陰的，不容情的讀者們，因爲這是一都西洋來的鏡花緣，這鏡裏照出的却不止是西洋人的醜態，我們也一樣分得着體面我敢說；尤其在今天，叭兒狗冒充獅子王的日子，滿口仁義道德的日子，我想我們有借鏡的必要，時代的尊容在這裏面描着，竟許足下自己的尊容比旁人起來相差也不在遠。你們看了千萬不可生氣，因為你們應該記得王爾德的話，他說十九世紀對寫實主義的厭惡是卡立朋（莎士比亞特製的一個醜鬼）在水裏照見他自己尊容的發惱。我再不能多說話，更不敢說大話，因為我想起書裏潘葛洛斯（意思是全是廢話）的命運。

　　　　　　　　　　　志摩